NOTRE PART DE MAGIE

Emilie Riger

Notre part de magie

Nouvelle

© Couverture Ergé

©2020, Emilie Riger

Edition : BoD – Books on Demand
12/14 rond-point des Champs Elysées, 75008 Paris
Impression : BoD – Books on Demand, Norderstedt, Allemagne
ISBN : 97823222418111
Dépôt légal : décembre 2020

Je dédie cette nouvelle au Père Noël, qui fait tant rêver les enfants.
À tel point que, devenus adultes, nous continuons à croire que ce jour-là, tout peut arriver. Et que le bonheur peut apparaître au pied du sapin...
par miracle.

La lecture de Notre Part de Magie s'accompagne de la playlist suivante, disponible sur ce lien : http://bit.ly/partdemagie

1. Sonotone – MC Solar
2. Speed – Zazie
3. Time is running out – Muse
4. Tightrope – LP
5. First day of my life – Bright Eyes
6. 1234 – Feist
7. Ho Hey – The Lumineers
8. Flume – Bon Iver
9. Pourvu que tu viennes – Ycare
10. Could I have this kiss forever – Done again
11. L'écho du bonheur – Najoua Belyzel
12. Via con me – Paolo Conte
13. Miss you – The Rolling Stones
14. N'oubliez jamais – Joe Cocker
15. Comme un avion sans aile – Charlelie Couture
16. I just can't help believin' – Elvis Presley
17. Feel – Robbie Williams
18. Help myself – Gaetan Roussel
19. Mess is mine – Vance Joy
20. Woman – John Lennon
21. Don't be so shy – Imany
22. Une jupe en laine – Julien Clerc
23. All of me – John Legend
24. Je t'aime – Julien Clerc

Suzanne

L'instant est sournois, sur le point de me couper les pattes si je ne parviens pas à l'orienter du bon côté. Immobile dans l'entrée, mon sac encore sur l'épaule, mes clés à la main en suspens au-dessus de la tablette de marbre où je les range, je reste à l'affût du silence qui m'accueille. Est-il vide, prêt à m'engloutir ? Ou empli de cette vibration douce qui donne envie de s'y lover pour le laisser s'épanouir ?

Le silence de ma maison, seule présence pour m'accueillir. Dois-je le savourer ou le redouter ? Ce soir, je me sens fragile. Exposée à la morsure des souvenirs, de ce qui existait et de ce qui aurait pu être. Parfois, la fatigue vient faire vaciller la carapace de l'habitude. Et ce soir, je suis épuisée. En cette période de fin d'année, le rythme est soutenu à la boutique de vêtements dont je suis propriétaire et qui m'a permis d'élever mes filles.

Décidée à porter des œillères pour ignorer les pièges qui me cernent, je dépose soigneusement clés et sac, enlève mes gants et déroule mon écharpe. La chaleur allume des picotements sur mon visage et j'ôte mon manteau. Mon chat vient se frotter paresseusement contre mes mollets et je me penche pour le gratter derrière les oreilles. Il est dans un bon jour, car avec l'âge il ne se précipite plus si souvent pour me dire bonjour. Mes talons résonnent sur le parquet jusque dans la cuisine où je le nourris puis me sers un verre de vin que je bois à petites gorgées, devant la baie vitrée, en regardant tomber la neige.

Il n'y a pas si longtemps, mon salon résonnait de rires et de conversations. Mes trois filles souriaient, m'emplissant de bonheur. Nous étions tous réunis pour fêter la réconciliation de ma petite Romane et d'Erik, son photographe qui déclarait enfin son amour[1]. Il y avait aussi leurs amis, sans oublier Pierre, son père spirituel. J'avais pris plaisir à le regarder évoluer chez moi et à échanger un peu avec lui. Après son charme et sa prestance, j'avais découvert son humour, sa bonne humeur et sa culture qui lui permettait de parler de tout avec aisance. Ce soir-là, il s'était montré curieux, plein d'intérêt pour les univers de chacun. C'était tellement agréable. Peut-être qu'un jour, je pourrais trouver un prétexte pour l'inviter de nouveau ? Passer plus de temps avec lui. Le salon désert efface le sourire qui s'est dessiné sur mes lèvres en repensant à ces moments. Le contraste rend la soirée presque amère, maintenant.

J'abandonne mon verre vide sur la table, mes escarpins sur le chemin, et grimpe l'escalier, l'épaisse moquette me caressant la plante des pieds à travers la soie de mes bas. À mi-hauteur, je fais demi-tour pour allumer la musique. Je monte le son pour être sûre que la voix rauque d'Adèle me suive à l'étage, ignorant le regard furibond de mon félin.

---

[1] Cette histoire est racontée dans Cœur à Corps, Emilie Collins, collection Emoi. Avec de très belles photos d'Ergé dans le texte.

Le soir de son arrivée me revient en mémoire. C'est ma fille Méline qui était rentrée à la maison avec un chaton sous le bras. Elle l'avait ramassé dans la rue, tout maigre et grelottant, à peine sevré. Fidèle à son caractère, elle ne m'avait pas demandé si j'étais d'accord pour l'adopter, juste quel nom je voulais lui donner. Sous le coup de la surprise, je lui avais répondu « Je ne sais pas ». Sa sœur Lex, trop occupée à lui gratter le menton pour le faire ronronner, avait vaguement dit « J'sais pas, comme tu veux ». Et Romane qui avait pris la question très au sérieux et froncé les sourcils de concentration avait commencé par un « Euh… J'sais pas, laisse-moi réfléchir ». Méline l'avait coupée dans son élan : « Laisse tomber. Je vous ai posé la question à toutes les trois, et vous avez toutes répondu "j'sais pas". Donc il s'appelle Chaipa ». C'était il y a treize ans, et son nom a dû le marquer : aussi adorable et câlin soit-il, on a généralement l'impression qu'il ne sait pas vraiment où il en est, ni ce qu'il veut. Mais c'est aujourd'hui mon seul compagnon, et nous avons traversé beaucoup ensemble. Je m'engage dans le couloir de l'étage. Et bien sûr, je passe devant leurs trois portes.

La chambre d'Alexia, un peu vide malgré les dessins et photos accrochés aux murs, parce que ses plantes sont parties avec elle. Ma grande, dont le calme et la sérénité inébranlables masquent un caractère passionné. Je suis fière de sa réussite comme styliste et de notre collaboration pour faire tourner la boutique. Mais j'aimerais la voir sortir de sa réserve et s'accomplir pleinement.

L'antre de Méline, tapissé d'articles punaisés, de bouts de papier couverts de notes, avec des piles de dossiers et de livres défiant les lois de la gravité. Un capharnaüm qui lui ressemble, bouillonnant dans tous les sens, débordant d'idées et de projets qui jaillissent d'elle comme un feu d'artifices. Ses sœurs l'appellent le rhinocéros, et ça lui va bien, à ma fonceuse préférée.

Et le cocon de Romy, où les grands feuillets aquarellés enveloppent le lit à baldaquin de rêves scintillants. Elle a beau être la jumelle de Méline, elle est notre « petite », même si c'est de quelques minutes. Son tempérament plus doux, plus léger malgré sa vivacité, sa façon de prendre les choses tellement à cœur qu'elle se blesse d'un rien nous ont toutes rendues protectrices envers elle. C'est notre petite dernière, qui s'épanouit aujourd'hui auprès d'Erik et crée des bijoux aussi lumineux que son sourire. Mais je suis passée si près de la perdre.

Mon ventre gronde au souvenir de l'explosion qui a failli m'arracher mon enfant[2]. Cette angoisse latente qui accompagne une mère dès l'instant où son petit prend racine au creux de son corps, et qui la suit jusqu'à sa mort. Il m'a fallu tant d'amour, d'énergie et de vigilance pour mener mes filles jusqu'à l'âge adulte ! Il y a eu tant d'obstacles à franchir et prévenir. Maladies, accidents, blessures de cœur et de vie, les méchants qui auraient pu croiser leur route. Maintenant, elles sont grandes, et pourtant elles ne sont pas à l'abri. Aucun de nous ne l'est vraiment.

Et moi, leur mère, je dois continuer ma vie dans laquelle elles ne font plus que passer, avec comme seul talisman pour les protéger mon amour qui les suit partout, où qu'elles soient, quoi qu'elles fassent.

Quand je sors de la douche et que je redescends en jogging et sweat, MC Solar me rattrape au bord du gouffre où

---

[2] Oui, oui, ça aussi c'est dans Cœur à Corps !

un vilain coup de blues m'entraîne. Le rythme de son Sonotone me fait battre la mesure, et avant d'avoir pu réfléchir, je suis en train de danser, un nouveau verre à la main, remerciant Méline d'élargir mes connaissances musicales avec autant de goût. Me moquant de mes rides et de tout ce qui m'a échappé au fil du temps, je danse et, au moins l'espace d'une chanson, je me sens à nouveau « *belle, citadelle assiégée par une armée rebelle* ». Mon chat vautré sur le canapé refuse de m'accorder la moindre attention, sa façon de me signifier qu'il est offusqué de toute cette agitation. Après l'avoir écouté en boucle, le corps délassé et l'esprit serein, je grignote sans complexe un repas sans queue ni tête, en dévorant des yeux un Mel Gibson éternellement jeune dans *L'Arme Fatale*.

Quand je me glisse sous les draps, les yeux grands ouverts dans le noir, et Chaipa roulé en boule contre ma hanche, je prends conscience qu'il me faudrait peu de choses pour être vraiment heureuse. Mes filles sont épanouies, fortes. Elles ont toute leur vie à construire, mais si leurs petits amis cessent de jouer avec des explosifs, elles devraient bien s'en sortir. Et moi, après toutes ces années à veiller sur elles en bâtissant mes jours et mes nuits autour de leurs besoins, je suis à nouveau... Le mot hésite à éclore, me donnant presque mauvaise conscience. Mais il est tellement sincère qu'il franchit les limites de mon autocensure. Libre, je suis à nouveau libre.

J'ai quarante-neuf ans. Un travail que j'aime, et une poignée d'amis précieux. Je suis en bonne santé. Et pour la première fois depuis plus de deux décennies, je peux faire ce que je veux. Comme un retour à mes vingt ans, une deuxième jeunesse avec moi comme seul objet de préoccupation et comme unique responsabilité.

La pensée qui me vient tout de suite après, c'est : bon sang, qu'est-ce que je vais bien pouvoir faire de toute cette liberté ?

La question me poursuit toute la nuit, me volant mon sommeil, et quand je me retrouve face à mon miroir le lendemain matin, une évidence s'impose à moi : libre ou pas, je n'ai plus vingt ans, et une nuit d'insomnie n'est plus de mon âge. Mon vieux Chaipa doit être du même avis, car mes virevoltes dans les draps l'ont exaspéré au point qu'il déserte mon lit pour aller dormir tranquillement sur le canapé. Lâcheur.

Pierre

Je ne sais plus comment on fait.

C'est consternant.

Je piétine depuis dix minutes sur le trottoir en face de la boutique, sans oser traverser et franchir le seuil. Pour entrer, aucun problème, j'ai un prétexte en or : je passais dans le coin et je me suis arrêté pour dire bonjour à ma fille, Anaïs. Mais ce que je veux vraiment, c'est revoir sa patronne. De loin, je la regarde évoluer à travers les vitrines, et son aisance m'attire. J'ai envie de me rapprocher et de lui proposer… Quoi ? Je cogite et tourne en rond. Que propose-t-on à une femme comme Suzanne ? Un café, un verre, un dîner ? Faut-il que je rajoute un ingrédient non alimentaire comme une expo ou une pièce de théâtre ?

La première fois que nous nous sommes rencontrés, c'était ici. Anaïs m'avait invité au gala qui avait lieu à la boutique où elle travaillait depuis quelques mois. J'étais content de découvrir cet univers dans lequel elle s'épanouissait comme jamais. Et puisque la boutique vendait aussi les bijoux de Romane, j'avais embarqué Erik avec moi afin qu'il fasse une surprise à sa dulcinée. Mais ce que je retiens surtout de cette soirée, malgré les événements qui s'étaient précipités, c'est l'image de Suzanne, magnifique dans une robe bleu roi, allant et venant pour orchestrer la soirée avec l'aisance d'une grande dame. Et cette même femme devenant en un clin d'œil une mère attentionnée et tendre pour soutenir sa cadette. J'avais été séduit par ces facettes qui s'harmonisaient si bien entre elles, et j'avais eu envie d'en savoir plus. Notre deuxième rencontre, dans sa maison cette fois, avait achevé de me ferrer. Détendue, souriante et joyeuse, elle rayonnait de bonheur au milieu de ses filles. Nous avions discuté de tout et de rien, et j'avais apprécié la justesse de ses analyses, la confiance qui émanait d'elle sans qu'elle se prenne au sérieux. L'expérience m'avait confirmé ce que me soufflait mon instinct : Suzanne était une femme forte et sensible à la fois, et ce mélange n'était pas si courant.

En attendant, je suis toujours planté sur mon trottoir. J'ai les mains moites et un début de mal de crâne. Cela fait trop longtemps que je n'ai pas abordé une femme, je suis rouillé. Aussi maladroit qu'un ado au seuil de sa première fois. La vie est un éternel recommencement. Écœuré, je fais lâchement demi-tour et file me réfugier dans un univers que je connais sur le bout des doigts : mon travail.

Quand j'entre dans ma galerie, je suis de nouveau moi-même. Je vérifie l'installation en cours, une exposition de sculptures. Ajuster l'éclairage pour mettre en valeur les statues, corriger l'accrochage d'une esquisse préparatoire, signer le constat d'état des œuvres pour l'assurance... Tout ça, je maîtrise. Je ne suis plus écrasé par ce sentiment d'incompétence totale qui m'accablait sur le trottoir. Je porte à nouveau avec aisance ma cinquantaine bien sonnée.

Mon équipe est parfaitement rôdée, le travail avance vite. Et à 18 heures, je mets tout le monde dehors. Je déambule lentement entre les œuvres dans la pénombre, pas pressé du tout de me retrouver chez moi avec mes questions balbutiantes.

Je pousse le vice jusqu'à me retrancher dans mon bureau avec l'intention de faire un peu de paperasse. Un colis m'attend et je l'ouvre d'un coup de cutter rapide. Les invitations pour le prochain vernissage ont été livrées par l'imprimeur. Je m'assois et prends tout mon temps pour vérifier la qualité de l'impression, les dates, l'adresse, le numéro de téléphone… et bondis de mon fauteuil en manquant me prendre les pieds dans les roulettes. Mais quel imbécile ! Le voilà mon prétexte pour l'inviter ! Après tout, nous nous sommes rencontrés quand sa boutique a fait une soi- rée de gala, lui proposer de venir découvrir ma galerie est un geste de courtoisie qui ne me dévoile pas.

Quelques flyers à la main, je parcours de nouveau le chemin qui me mène jusqu'à elle à grands pas décidés. Et me réjouis quand j'arrive devant son magasin. Aucune trace d'Anaïs ni de ce collègue qui fait rougir ma fille. Je ne vois que Suzanne, penchée sur la caisse, le reflet bleuté de l'écran lui donnant une petite mine fatiguée.

Je m'approche lentement pour tenter de contrôler mon impatience, alors que j'ai envie de sauter en brandissant mon invitation pour savoir au plus vite si elle va venir. Comment réagira-t-elle en me voyant ? Je me contiens, l'avantage de l'expérience, j'imagine. Ses cheveux luisent doucement dans la pénombre. Je ne vois que son grand front incliné sur son travail, et le pendentif qui danse dans l'échancrure de son chemisier. Je devine le galbe de ses hanches derrière le comptoir, moulé dans une jupe droite noire qui met en valeur sa taille.

Mon cœur bat un peu plus fort. J'ai beau avoir les cheveux argentés et quelques décennies derrière moi, je suis comme au seuil d'une découverte. Une envie qui renaît et me rend le goût de ressentir, de vibrer et d'oublier le temps passé pour vivre de nouveau comme si demain m'appartenait. Ému et un peu chamboulé, je prononce son nom tout bas :

— Bonsoir, Suzanne.

Elle sursaute en poussant un cri qui couvre ma voix.

Suzanne

Mon Dieu ! J'aurais dû verrouiller la porte avant de faire la caisse ! C'est une mesure de précaution élémentaire, et une obligation formelle pour Quentin et Anaïs. Et comme une débutante, j'ai baissé ma garde dans l'espoir de gagner quelques minutes. Ne jamais écouter la fatigue, c'est la pire conseillère qui soit !

D'instinct, je lève les mains et fais trois pas en arrière. Aucun risque que je résiste à un braqueur pour sauver mon tiroir-caisse ! La bouche grande ouverte, j'hyperventile au rythme des battements affolés de mon cœur et redresse enfin la tête. Oh non, ce n'est pas vrai ! C'est Pierre, le père d'Anaïs. Je baisse les bras et pose une main sur mon cœur qui ne sait plus ce qu'il doit faire. Reprendre un rythme normal parce que le danger n'existe pas ? S'emballer de nouveau en se rappelant que cet homme lui a paru très séduisant lors de nos deux rencontres ? Ou s'arrêter tout net pour effacer le ridicule de ma réaction ?

— Suzanne, vous allez bien ?

Je tends deux doigts pour lui signifier que j'ai besoin de quelques secondes supplémentaires pour reprendre mon souffle, alors qu'en fait je suis seulement à la recherche de ma dignité. Erreur. Mon cerveau shooté par la brève décharge d'adrénaline me dépeint la situation en deux coups de pinceau. J'ai des cernes jusqu'au menton, une coiffure qui ne ressemble à rien et les mains moites. Si je reste muette, il va penser qu'en plus je suis décérébrée.

— Bonsoir, Pierre. C'est moi qui suis désolée. Je ne vous ai pas entendu entrer. J'ai cru que…

Je me mords la lèvre pour ne pas finir ma phrase. Nul n'est tenu de s'enterrer soi-même. Il penche la tête, intrigué.

— Vous avez cru quoi ?

O.K., courage ma fille, toute épreuve a une fin.

Autant grossir le trait avec humour.

— J'ai cru que vous étiez un voleur armé jusqu'aux dents qui en voulait à ma caisse.

Il se balance d'un pied sur l'autre, le visage renfrogné.

— Ah. Alors c'est un très mauvais départ.

J'arrête de pianoter nerveusement du bout des ongles sur le comptoir. D'autant que je sais que c'est très mauvais pour eux. Cela crée des micro traumatismes qui les font ensuite se dédoubler et casser.

— Quel départ ?

Il se gratte la tempe d'un air penaud puis tend vers moi ce qu'il tient dans la main.

— Une invitation. Au vernissage de la prochaine exposition. (Il dépose quelques flyers devant moi puis sourit soudain.) Et même avant, si vous le voulez. On pourrait prendre un verre pour se remettre de nos émotions ? Et me faire pardonner ?

Il a retrouvé toute son aisance alors que je peine à assimiler ce qu'il dit. Un vernissage, un verre. Dans l'autre sens. Apparemment, le verre, c'est pour tout de suite. J'ai envie de crier « STOP », pour que tout se fige. Le temps, et le bel homme en face de moi. Pour que je puisse courir jusqu'à la salle de repos, faire une sieste, prendre une douche, me remaquiller et enfiler une tenue impeccable pour revenir toute fraîche et pimpante afin de répondre nonchalamment : « Un verre ? Oh oui, tiens, pourquoi pas ? » Ça fait des années que je rêve d'être Ma sorcière bien-aimée dotée d'un nez magique. Au lieu de ça, je dois choisir entre le risque de rater l'occasion si je dis non et celui de le faire fuir vu mon état ce soir si je lui dis oui. Sans compter le risque qu'il s'endorme si je continue à hésiter.

– D'accord. J'ai besoin de cinq-dix minutes pour terminer ça, dis-je en désignant mon ordinateur, et ensuite je suis à vous.

– Prenez votre temps.

Il s'incline galamment et commence à déambuler dans la boutique. J'ai beaucoup de mal à me concentrer, mon esprit épuisé s'emmêlant entre les colonnes de chiffres et sa silhouette qui se promène tranquillement entre les portants. La recette du jour ressemble à quelque chose comme cent cinquante manteaux noirs, quarante écharpes grises et trois souliers bien cirés. Impossible de dire si soixante-dix chevelures poivre et sel virgule neuf sourires sont justes ou s'il y a une erreur dans le relevé de cartes bleues. Pff, tant pis, je reprendrai ça demain matin.

Quand je lui annonce que j'ai fini et que je monte prendre mes affaires, un dixième sourire m'assure que le compte est bon.

Je gravis l'escalier à pas mesurés, mes dossiers sous le bras, mais dès que je disparais de sa vue, je remonte ma jupe pour avaler les marches quatre par quatre. Je jette les papiers en vrac sur mon bureau et me précipite aux toilettes, ma trousse d'urgence à la main. Lingettes de secours, déodorant, une pointe de parfum (la main légère pour ne pas l'asphyxier dans un nuage d'Escale à Portofino). Anticerne, blush, un brin de mascara et un voile de gloss, je redresse le menton. L'effet n'est pas magique, mais il sera suffisant. De toute façon, s'il ne l'est pas, il ne supportera jamais ma tête au réveil. Au réveil ? Mais qu'est-ce que je raconte ? Il m'a invitée à prendre un verre, pas à partir en croisière. Je décrète sur-le-champ que je déteste MC Solar et son foutu Sonotone. Bien sûr que si, ça a un rapport, c'est sa chanson qui m'a mis des idées bizarres en tête et m'a rendue insomniaque !

Je redescends, mille fois plus sereine qu'à l'aller. On ne dira jamais assez à quel point le maquillage est une arme efficace pour redonner à une femme sa confiance en elle.

– Je suis prête.

Onzième sourire.

Pierre

— Vous êtes belle.

C'est sorti tout seul, sous le coup de l'émotion. Une bouffée vibrante en la voyant redescendre les marches avec cette élégance qui imprègne chacun de ses gestes. J'admire la ligne droite de ses épaules, et la façon assurée dont elle pose le talon de ses escarpins, comme si elle savait parfaitement où elle va et quel chemin la mènera au but qu'elle a choisi.

Une étincelle dans ses yeux bleu-gris, un sourire gracieux pour me remercier. Je la laisse éteindre les lumières, puis brancher l'alarme et verrouiller la porte, comme une magicienne fermant le rideau jusqu'à la prochaine représentation.

Le trottoir est glissant et des plaques de verglas brillent dans les lumières en pointillés des réverbères et des décorations scintillantes de Noël. On se croirait dans un conte de fées, entre la blancheur de la neige qui vient de recommencer à tomber, et les guirlandes aux reflets bleutés qui luisent dans la nuit. Je lui propose mon bras en silence, et elle glisse sa main au creux de mon coude. Je ne lui demande pas où elle veut aller, je sais précisément où j'ai envie de l'emmener. C'est agréable de découvrir qu'une femme aussi sûre d'elle se laisse guider sans éprouver le besoin de savoir où nous allons. J'aime sa capacité à lâcher prise. Quand je me balade avec Anaïs, elle m'assaille de questions pour connaître le où, à quelle distance, comment j'ai connu, pourquoi j'ai choisi ça, ce qu'on va nous servir… L'impatience de sa jeunesse me fatigue.

Suzanne ne dit rien. Au fur et à mesure que nous avançons, je la sens se détendre. Je peux suivre le rythme de son souffle aux volutes qui s'échappent de sa bouche dans l'air glacial, et c'est comme si elle se débarrassait à chaque pas d'une partie de la pression de la journée, qu'elle faisait le vide dans sa tête pour accueillir cet imprévu dans sa soirée.

Quand nous arrivons, je saisis la barre de laiton pour lui ouvrir la porte, puis m'empresse de passer devant elle. Ça m'exaspère quand je vois des types tenir la porte puis traîner derrière leur cavalière. Si l'on veut être galant, il faut précéder la dame dès la porte franchie, pour être celui qui fera face au maître d'hôtel. Pas débarquer après la bataille quand madame a déjà tout réglé par son « Bonjour, oui, pour boire un verre, une table pour deux ». On est chevaleresque ou on ne l'est pas. J'ai des cheveux blancs, autant avoir le savoir-faire qui va avec.

Je nous ouvre la voie jusqu'à une petite table d'angle et prends nos manteaux pour les déposer sur le dossier de la banquette. J'adore ce bar à vins à l'atmosphère feutrée et au style Arts déco. Ce soir, les couronnes de sapin parsemées de boules dorées et rouges rehaussent encore la beauté des boiseries. Autre point remarquable, la musique y est toujours excellente. LP à cet instant. Une voix qui ne manque jamais de me coller des frissons.

— Qu'avez-vous envie de boire ?

Suzanne regarde autour d'elle avec un sourire gai, et moi je la regarde, elle. Ses cheveux blonds parcourus de fils d'argent brillent en mèches souples jusque dans son cou. Son chemisier bleu marine rehausse ses yeux, et dans la pointe discrète de son décolleté se balance toujours comme pour me narguer ce pendentif dans lequel je reconnais le style de Romane. Délicat, épuré, misant tout sur la beauté de la pierre en forme de goutte. Elle caresse la banquette de velours du bout des doigts.

– J'aime beaucoup cet endroit. Un verre de vin, s'il vous plaît. Blanc, sec.

Je nous commande deux verres de Meursault et me tourne vers elle. Appuyée sur le dossier, elle a les mains posées sur ses cuisses et m'attend.

Comment fait-on ? Pour passer de l'inconnu total à quelques pas japonais qui se rapprochent jusqu'à dessiner un chemin que l'on peut parcourir à deux ? Je ne sais plus « faire connaissance », en tout cas quand c'est moi qui prends l'initiative. À cet instant, notre seul point commun, ce sont nos enfants.

–Comment va Romane ? S'est-elle remise de tous ces événements ?

Suzanne hoche la tête.

–Oh oui, elle va très bien. Je dirais même qu'elle flotte sur un petit nuage. Mais vous devez le savoir aussi bien que moi par Erik.

Son air calme et sérieux se lézarde légèrement, mais je ne suis pas sûr de comprendre ce qu'il cache. Nos verres arrivent, nous trinquons doucement et prenons une gorgée. Mon esprit tourne à vide, cherchant désespérément un sujet à aborder. Elle reprend la parole :

—Et Anaïs, en dehors du travail, elle va bien ?

Cette fois, je sais : elle se paie gentiment ma tête. La malice qui pétille dans ses yeux et le rire qu'elle retient me le confirment. Je ne peux que me moquer de moi-même, et c'est mon tour de lever les mains pour me rendre.

—O.K., j'ai compris, je patauge ! Je crois que je ne sais plus faire, tout simplement. J'ai envie, mais j'ai oublié le mode d'emploi. Ou alors je suis trop vieux…

—Trop vieux ? Mince alors ! Vous avez vu ça écrit où ?

Je grimace.

—Sur ma carte d'identité.

Son sourire s'élargit. Elle a l'air de beaucoup s'amuser, même si c'est à mes dépens.

—Alors vous avez une carte d'identité vraiment atypique. Les chiffres qui sont sur la mienne sont à peu près les mêmes que les vôtres, mais nulle part il n'y a marqué « trop vieille » ! (Elle fronce les sourcils.) Remarquez, heureusement, sinon le type de l'état civil ne se serait pas encore remis de ma réaction.

—Bon, alors si je ne suis pas trop vieux, après les enfants, je vous parle travail, ou vous avez une idée pour me sortir de la mélasse, Suzanne ?

Et là, juste sous la table, je me surprends à croiser les doigts pour qu'elle ait une idée qui nous sauve de mes balbutiements. Parce que pour la première fois depuis une éternité, je croise une femme qui me surprend, me fait rire et me charme tout à la fois. Et j'aimerais bien avoir l'opportunité de mieux la connaître, même si pour cela j'ai besoin de son aide. Qu'elle nous mette seulement sur les rails.

Suzanne

Il est séduisant. Même ses hésitations sont séduisantes. J'ai passé l'âge de me faire traîner dans une caverne par un mâle dominateur gonflé de testostérone.

Pierre est un bel homme, élégant et ouvert. Il est cultivé, et attentif aux autres, je l'ai vu dans sa façon de prendre soin d'Erik, de consoler Romane. Il est indépendant et passionné par son travail.

En théorie, il a 20/20. Sauf qu'il y a derrière moi un certain nombre de préambules attrayants qui se sont révélés être des catastrophes en pratique. Certains m'ont retenue quelques jours, quelques semaines, d'autres plusieurs mois, et l'un m'a même occupée deux longues années, au grand dam de mes filles. Mais aujourd'hui, je n'ai plus envie de perdre du temps en me trompant encore. Je ne suis plus sûre d'en avoir le temps, justement.

Alors ce soir, j'ai envie de changer de tempo. De chambouler l'ordre des choses pour découvrir au plus vite s'il y a des carences mortelles ou des obstacles infranchissables chez cet homme si attirant.

Je fais signe au serveur de renouveler notre commande. Pierre attend en silence, manifestement conscient que je suis en pleine réflexion. J'apprécie qu'il n'essaie pas de me bousculer et me laisse faire le point. Je prends une gorgée de mon nouveau verre pour me donner le temps de mettre les mots dans le bon ordre.

—Pierre, je n'ai pas envie de faire comme d'habitude. Ces rendez-vous où l'on se tourne autour l'air de rien, en se demandant qui est vraiment l'autre. Et s'il y a une place possible pour soi dans cette construction. Tout ça caché par des sujets bateaux comme les enfants, le travail, le dernier Tarentino ou Musso. On croirait jouer à la bataille navale, à viser au hasard en espérant toucher un point qui ait vraiment du sens. Je sais qu'il n'y a aucune garantie, il n'y en a jamais dans la vie. Mais je voudrais juste savoir s'il y a une possibilité avant d'investir du temps, ou quoi que ce soit. Parce que…

Je baisse les yeux pour échapper à son regard qui me scrute, ma voix déraille malgré moi, et en dévoile plus que je ne voudrais. Je reprends une gorgée.

—Parce que je suis fatiguée d'être déçue, Pierre. Et tant pis si cela fait de moi une sauvage qui refuse de continuer à mettre les formes.

Et je me tais. Le laissant libre de partir en courant, d'éclater de rire, de me donner une leçon de vie ou de faire comme si de rien n'était avant d'ignorer ma demande.

Ses doigts jouent avec le pied de son verre, et il se racle la gorge. Ses premiers mots sont balbutiants.

—Ma femme m'a quitté il y a dix ans. Et ça a été un choc terrible. Je ne l'ai pas vu venir, même si avec le recul j'aurais pu m'y attendre, j'avais toutes les cartes en main pour lire l'avenir. Son départ m'a dévasté. Elle a emmené Anaïs, et tout ce qu'il m'est resté, c'est un week-end sur deux, la moitié des vacances et mon travail. Après, il y a eu d'autres femmes, je n'ai pas vécu comme un moine. J'étais trop en colère pour aller les chercher, mais je les laissais venir.

Il relève les yeux et me regarde avec une franchise que je n'ai pas rencontrée depuis longtemps. Très longtemps.

—Honnêtement, Suzanne, les premières femmes qui sont venues après n'avaient pas la moindre chance. Aucune ne pouvait guérir la blessure qu'une autre avait infligée. Et je les voyais toutes à travers le prisme déformant de cette séparation. Plus tard, quand j'ai retrouvé ma lucidité… J'avais pris l'habitude de laisser venir, et j'imagine que je n'aimante pas les bonnes. Il y a eu quelques jolies histoires, mais rien qui n'ait compté.

Il se passe les doigts dans les cheveux, puis regarde la neige qui a recommencé à tomber. J'aime ses mains larges et fines, elles dégagent à la fois force et délicatesse.

—Quand je vous ai vue, Suzanne, je vous ai trouvée très belle. Et ce que j'ai entraperçu de la femme que vous êtes m'a donné envie, pour la première fois, de faire le premier pas. De tenter ma chance plutôt que d'attendre. (Il soupire, ébouriffe encore une fois ses mèches rebelles, et esquisse enfin un sourire.) Et maintenant, je croise les doigts pour n'avoir révélé aucun défaut rédhibitoire. Sinon, vous allez afficher un air poli, me remercier pour le verre et sauter dans un taxi.

Je n'ose pas, puis je me pousse à faire ce dont j'ai envie. J'avance ma main pour effleurer la sienne.

—Je n'ai pas envie de partir.

Ses traits se détendent et il montre la neige du bout du pouce.

—Vous dites ça parce que trouver un taxi par ce temps va être une vraie galère !

—Bien sûr, pour quelle autre raison ?

L'atmosphère redevient moins solennelle. Comme s'il me laissait prendre mon souffle avant de plonger à mon tour. Mais c'est bel et bien à moi de prendre le relais.

—Mon mari est mort brutalement d'un AVC quand les filles étaient enfants. Les premières années, je n'ai même pas pensé à une quelconque relation. Ça ne faisait pas partie de ma réalité, tout simplement. J'étais en miettes, et uniquement concentrée sur mon travail et les petites. Quand elles ont grandi et sont devenues autonomes, la solitude m'a terrifiée. J'aurais été prête à accepter n'importe quel compagnon qui voudrait bien de moi. Et je me suis fait marcher sur les pieds plusieurs fois. Avec le temps, j'ai appris à repérer plus rapidement les écraseurs d'orteils, et à les chasser hors de ma vie, au lieu de penser que c'était ma faute.

Quelques souvenirs douloureux me reviennent à l'esprit et je bois une gorgée de vin pour effacer le goût amer que j'ai dans la bouche. Certaines leçons coûtent cher. Nos verres sont encore une fois vides, et Pierre commande une nouvelle tournée. Je ne me laisse pas distraire de peur de ne pas savoir comment reprendre.

—Finalement, j'ai pris suffisamment confiance en moi pour supporter la solitude. Mais…

J'hésite. Est-ce vraiment malin de me dévoiler autant dès l'aube de notre rencontre ? Ne vaudrait-il pas mieux attendre un peu que le soleil grimpe vers le zénith pour me découvrir ? Nous échangeons un long regard. Et deux pensées me viennent.

La première, c'est que je n'ai plus envie d'attendre ou de mesurer mes mots et mes réactions en fonction de l'homme en face de moi. Ni d'avancer cachée derrière un bouclier. Je veux être moi, pleinement. La seconde, c'est qu'il semble prêt à entendre ce que j'ai à dire.

—Mais la solitude n'est pas un choix.

Voilà, je me suis jetée à l'eau, et plus d'une fois. J'ignore quelle était sa motivation en m'invitant. Quel projet il nourrissait. Au moins, maintenant, il sait clairement que ce que je souhaite, c'est un compagnon.

—Être seul, ce n'est pas non plus ce que je veux, Suzanne. Sinon je ne serais pas venu. Même s'il m'a fallu chercher très loin le courage de le faire !

—Pourquoi ça ? je lui demande, étonnée.

—Parce que j'avais peur de me prendre un râteau ! s'exclame-t-il gaiement.

Nous échangeons un sourire complice. Finalement, homme ou femme, nous en sommes tous au même point : avoir suffisamment de bienveillance envers soi-même pour être ouverts à de belles rencontres.

La chaleur, le vin et la fatigue se mêlent au soulagement que m'inspirent ses réponses pour me faire bâiller. Je me cache derrière mes mains, honteuse.

—Je suis désolée, Pierre. Je passe un très bon moment, mais je suis épuisée.

—Pas de souci. Il est tard, je n'aurais pas dû vous retenir autant.

Il se lève, et je suis trop éreintée pour batailler autour de l'addition. Et peut-être aussi que, toute indépendante que je sois, j'aime sa galanterie si prévenante. Alors je prends mon temps pour m'emmitoufler et me préparer à sortir dans le grand froid. Quand je le rejoins, prête à braver la neige qui tourbillonne, il prend mon coude pour franchir le seuil de la porte et me retient à l'abri de l'auvent.

—Un taxi arrive pour vous dans quelques minutes.

Une nouvelle question surgit dans mon esprit et s'échappe de mes lèvres avant que j'aie pu la retenir :

—Et pourquoi pas une femme plus jeune ?

Avec la fatigue, il arrive que l'on se tire une balle dans le pied. Il écarquille les yeux avec un mouve- ment de recul.

—Quoi ?

J'enfonce le clou :

—Oui, plus jeune, plus fraîche. Vous avez de la prestance, du charme, vous avez réussi. Vous pourriez.

—Oui, probablement, mais…

—Mais quoi ?

Pierre

Je me tourne franchement vers elle et découvre l'inquiétude et la fragilité sous le masque assuré. Cette blessure que le temps nous inflige à tous, mais que le monde fait sûrement payer plus cher aux femmes qu'aux hommes.

—L'âge n'a rien à voir avec l'attirance. C'est la Suzanne que j'ai rencontrée aujourd'hui qui m'attire. Peut-être que celle d'hier m'aurait laissé de marbre.

Elle fait une moue dubitative et repousse d'une main gantée une mèche de cheveux en travers de sa joue. Je reprends, décidé à la convaincre :

—Une femme plus jeune, hein ? Plus fraîche, plus lumineuse, plus… ferme ? (Je m'amuse de voir ses sourcils se froncer au fur et à mesure que j'énumère à voix haute ce qu'elle a sous-entendu.) J'ai testé, Suzanne.

Sourcil suspicieux en accent circonflexe.

—Et alors ?

—Et alors ? Alors ces femmes vibrantes de jeunesse ont des éclats de lumière qui me blessent les yeux. Elles brillent sans retenue, comme des néons. Cela m'agresse et je me sens mieux à distance. Vous n'explosez plus dans tous les sens comme un feu d'artifices, Suzanne. Vous êtes douce, apaisante. Comme… (Je cherche le bon mot un instant.) Vous me faites penser à un feu de cheminée. Ça hypnotise, un feu de cheminée. (Elle reste figée et j'ai peur de ne pas réussir à traduire ce que je ressens.) Je m'exprime si mal que ça ?

Elle secoue la tête lentement, avec un sourire très doux, et pose le bout de ses doigts sur ma joue.

– Non, un feu de cheminée qui hypnotise, cela me va parfaitement.

Nous sommes face à face sous la neige, son coude toujours dans le creux de ma main, et elle qui s'attarde sur mon col. Enveloppés de toutes ces confidences qui nous ont permis de prendre la mesure l'un de l'autre à une vitesse inattendue. Alors là, je n'ai qu'une envie. La même envie qui hante chaque fin de premier rendez-vous, quel que soit l'âge, qui fait battre le cœur et rend les mains moites.

Je voudrais me pencher et l'embrasser. En priant pour que ce premier baiser se grave dans ma chair. Cette émotion magique du premier baiser. Cette découverte émerveillée du goût et du parfum de l'autre. Le charme indicible de cet instant qui livre un peu du futur, laisse ou non deviner le deuxième rendez-vous, alors même qu'il chasse de notre esprit tout ce qui n'est pas le présent et la poignée de secondes qui le fait exister.

– C'est pour vous le taxi ?

Nous sursautons ensemble à la voix éraillée et je regarde le type d'un air ahuri. Est-ce qu'il n'a rien vu ? Est-ce qu'il a conscience de ce qu'il vient de saccager ?

– Oui, c'est pour nous. Une minute, s'il vous plaît.

Je me tourne vers Suzanne, mais je sais que l'instant est passé et que notre premier baiser m'a échappé pour ce soir. On se regarde, déconfits, puis on éclate de rire.

—Montez, Suzanne. Monsieur va vous ramener chez vous.

Je lui ouvre la portière et avant de se glisser sur la banquette arrière, elle dépose au passage un baiser sur ma joue.

—Merci, Pierre.

Je retiens sa main et la soulève jusqu'à dévoiler une fine bande de peau à la lisière de son gant. Juste l'espace pour l'embrasser avec la même délicatesse.

—Merci à vous, Suzanne.

Je referme la voiture et me penche vers le chauffeur pour lui donner l'adresse. Je ne suis allé qu'une fois chez Suzanne, mais je la connais par cœur. Je tends à l'homme de quoi payer sa course puis me recule.

Et la douceur du regard de Suzanne alors qu'elle s'éloigne m'inspire le besoin de prendre soin d'elle. Même si elle est forte et capable de veiller sur elle- même, moi, ce dont j'ai envie, c'est de prendre soin d'elle.

Suzanne

Je suis une femme, je fais confiance à mon miroir. Et ce matin, celui-ci me dit qu'une soirée en compagnie de Pierre est excellente pour mon teint.

J'arrive au travail un peu en retard, je me suis offert un deuxième café après ma douche. Et l'avantage d'être la patronne après plus de vingt ans de travail acharné, c'est qu'à mon arrivée, la boutique est ouverte et tourne déjà parfaitement. Mes collaborateurs sont arrivés à l'heure, eux, et ils ont fait tout ce qu'il fallait. Quentin m'accueille avec un sourire, Anaïs semble perplexe derrière la caisse.

—Bonjour, Suzanne. Euh… J'ai un petit souci avec la clôture d'hier.

Je réprime un éclat de rire en me remémorant la scène de la veille.

—Oui, je m'en doute, Anaïs. J'ai été interrompue. Reprends tout depuis le début sans tenir compte de ce que j'ai noté. Et désolée pour le bazar que je t'ai laissé.

—Non, non, c'est pas grave, Suzanne. Je préfère ça plutôt qu'un problème de caisse. C'est réglé dans cinq minutes.

—Parfait, merci ma belle. Quentin ? Est-ce que la livraison de robes du soir de Lexie est arrivée ?

– Oui. Je la rentre en stock ce matin.

– J'aimerais que tu les installes en vitrines aujourd'hui. Les fêtes sont dans trois semaines, c'est maintenant qu'il faut faire scintiller nos paillettes ! Nous sommes déjà en retard.

– Impossible, Romy ne nous a pas livré les bijoux.

– Je l'appelle tout de suite. Vois si tu as tout ce qu'il te faut en réserve pour la décoration. Guirlandes, neige, boules de Noël... je veux une vitrine féerique. Et voyez pour adapter la musique du magasin. Je monte.

– O.K., à tout à l'heure Suzanne.

Je grimpe jusqu'à mon bureau en retenant mon envie de sautiller, de danser, de chanter. Je suis d'humeur à siffloter Jingle Bells, même si cela sonnerait horriblement faux. Je dépose mes affaires et décide d'appeler Romy tout de suite avant d'oublier. Je ne suis pas sûre de pouvoir me fier à ma concentration aujourd'hui.

– Bonjour, m'man.

– Bonjour, Romane. Comment vas-tu ?

Je peux presque entendre sa grimace.

– Si je te dis que je vais très mal, tu me feras un mot d'excuse pour mon retard ?

– Non.

– Pffff... Bon, alors je vais bien.

– Et tu me livres... ?

– Après-demain ?

– Bip. Mauvaise réponse.

– Aaaaargh, maman !

– Mademoiselle Romane, ici la boutique Suzanne. Quand aurons-nous la livraison attendue ?

– Grrrr, tu es sans pitié !

—La première qualité d'un fournisseur est sa ponctualité, sinon il n'est pas fiable. Demain nous sommes samedi. Veux-tu que je déduise de ta facture les ventes manquées ce week-end ?

—Euh... non.

—Je serai donc livrée... ?

—Demain, grommelle ma fille.

—9 heures. Toujours un plaisir de travailler avec vous. Bonne journée, mademoiselle Romane.

—Bonne journée, Suzanne, me répond ma fille d'un ton bon chic bon genre moqueur.

Je raccroche avec un sourire en coin. Elle essaie toujours de m'avoir aux sentiments, je la connais par cœur. Du coup, j'ai mis au point avec elle un petit stratagème qui fonctionne très bien. Je compartimente nos échanges et ne mêle jamais travail et tendresse dans la même conversation. C'est inutile avec Lex qui est aussi précise qu'une horloge suisse, mais cela peut se révéler indispensable quand Romane rêvasse un peu trop. Je regarde ma montre. Les cinq minutes sont passées. Je reprends mon téléphone.

—Bonjour ma puce, comment vas-tu ?

Romane pouffe de rire au bout du fil.

—Salut maman, bien et toi ?

—Je me porte comme un charme aujourd'hui !

—Quoi de neuf, comment va Erik ?

—Bien. Il part demain pour un reportage architectural. Il est excité comme une puce. Le bâtiment est très dépouillé, avec plein de jeux de lumière, et il passe son temps à surveiller la météo pour être sûr d'avoir la luminosité qu'il veut.

—Excellent. Et toi ?

—Moi, je bosse dur sur les finitions de pièces que je dois livrer demain matin.

—Parfait. J'admire que tu vises l'excellence.

—C'est que cette cliente est très exigeante !

—Aucune cliente ne pourra être plus exigeante que toi-même sur la qualité de ton travail, ma fille. C'est grâce à ça que tu commences à percer.

—Je sais. « Le talent sans travail n'est rien », ânonne- t-elle.

—Je n'aurais pas mieux dit !

Romane éclate de rire. Que j'aime ce bonheur qui l'enveloppe et frémit constamment depuis sa rencontre avec Erik.

—Ça fait vingt ans que tu me le répètes mot pour mot, raille-t-elle. Je l'ai entendu autant de fois que « Va te brosser les dents » !

—Et vois comme tu as de belles dents ! Bonne journée, ma puce.

—Bonne journée, maman. À demain.

Je m'apprête à faire le tri dans les dossiers qui encombrent mon bureau. Le mois écoulé a été chargé, et la période des fêtes qui enchaîne ensuite avec les soldes n'est pas de tout repos. J'ai pour règle absolue de ne pas me laisser déborder, et jusque-là, ça m'a plutôt réussi.

—Bonjour, maman.

L'arrivée de Lexie va reporter mes bonnes résolutions de quelques minutes. Intriguée par le son étouffé de sa voix, je lève les yeux et reste bouche bée. Elle disparaît derrière une énorme brassée de fleurs dont ne dépassent que le sommet de son crâne et ses jambes. Et pas n'importe quelles fleurs. Des roses rouges. Énormes. Ponctuées de paillettes argentées de saison.

Mes joues s'incendient immédiatement pour s'accorder à leur teinte, alors que Lexie baisse son chargement pour me regarder par-dessus.

— C'est pour toi.

Elle a l'air sidérée. Mince, est-ce vraiment de l'ordre de l'incroyable que je reçoive un bouquet de roses ? Affichant un calme olympien, je me lève pour récupérer mon trophée et me hâte de détacher la petite enveloppe fixée au papier cristal. Lexie ne me quitte pas des yeux et se contorsionne pour essayer de lire la carte. Je m'écarte et la repousse du doigt.

— Tut tut tut, propriété privée, défense d'entrer !
— Mais maman !
— Non.

Je me détourne et découvre à travers la baie vitrée Anaïs et Quentin sur le point d'attraper un torticolis à force de fixer le bureau qui les surplombe. D'accord, c'est le moment de me replier en lieu sûr. Je me précipite dans les toilettes que je verrouille à double tour. Là seulement, je m'appuie contre le mur et ferme les yeux dans un soupir de bonheur. Mon cœur bat fort sous mon chemisier, et mes mains tremblent légèrement. Ce bouquet de roses rouges arrive bien vite après ce simple premier rendez-vous. Mais après tout, c'est moi qui ai dit à Pierre que je ne voulais plus perdre mon temps. Non seulement il m'écoute, mais en plus il prend ce que je dis au pied de la lettre ! Ce n'est pas un homme, c'est un cadeau de Noël avant l'heure.

« *Cet hiver glacial me donne l'irrépressible envie de me réchauffer à la chaleur d'un feu de cheminée.*

Seriez-vous libre ce soir vers 20 heures pour dîner avec moi ? »

Oh que oui ! « Libre », c'est mon maître mot, c'est décidé. Je mémorise son numéro de téléphone et regagne mon bureau. Lex m'y attend bien sûr en trépignant.

—Ça vient de qui ?

Altière, je prends mon sac pour saisir mon téléphone et envoyer un SMS en lui tournant le dos. Mais impossible de me concentrer pendant qu'elle me guette comme un chat devant un trou de souris.

—D'un homme.

—Maman !

—Oui ma chérie ?

Elle me scrute d'un air soupçonneux alors que je reste imperturbable. À mon calme, impossible de deviner que j'ai fait la danse de la joie planquée dans les toilettes.

—Et il est comment cet homme ?

Je fais mine de réfléchir en me tapotant le menton.

—Voyons… Il a beaucoup de choses en double. Deux mains, deux jambes, deux oreilles. Mais tout ne fonctionne pas par paire. Il n'a qu'une bouche par exemple, et un seul nez. Dieu merci !

Écœurée, Lex se détourne pour allumer la bouilloire et la machine à café. Elle s'approche de la vitre et signifie son échec à Anaïs et Quentin en brandissant le pouce vers le bas.

Je fais semblant de travailler en remuant des dossiers pendant que chacun se replonge dans ses tâches, alors que dans mon esprit défilent des brouillons de réponse. C'est épuisant de protéger son intimité quand on travaille en famille ! Enfin l'inspiration me vient.

« Mes flammes brûlent plus haut depuis que j'ai reçu vos magnifiques roses. Bien sûr, avec plaisir pour le dîner. »

Je regarde le message que je viens d'envoyer, dubitative. Et dire qu'il a fallu que je me concentre pour pondre ça ! Après quelques échanges plus pragmatiques pour que Pierre passe me prendre chez moi, je m'immerge enfin dans le travail.

Toute doucereuse, Lex m'interrompt trois heures plus tard.

—C'est l'heure de la pause. On déjeune ensemble ?

Pas question ! J'ai des tonnes de choses à faire d'ici 20 heures ! Et j'ai trop d'expérience pour me laisser avoir. Ce qu'elle veut, c'est me passer sur le gril alors que je suis prise en otage à une table de restaurant.

—Impossible, ma chérie, je n'ai pas le temps. Et je prends mon après-midi. Bonne journée ma princesse.

Je l'embrasse sur la joue, attrape sac et manteau et dévale l'escalier, ralentissant à peine pour prévenir Quentin de mon absence impromptue. Et je m'échappe dans la rue sans traîner.

Maintenant, ce que je veux faire, c'est m'occuper de moi. Pour de vrai. En prenant mon temps, puisque je n'ai pas le nez magique de Ma sorcière bien-aimée. Et me sentir ce soir dans les souliers de Cendrillon.

Pierre

—Non, je ne peux pas ce soir, je sors dîner.

Anaïs interrompt son geste, un couteau plein de chocolat dans la main au-dessus de sa tartine.

—Ah bon ? Mais tu ne m'as pas prévenue !

—Je te le dis maintenant. Le frigo est plein, et de toute façon tu prends un goûter à... (Je regarde ma montre en attrapant mon manteau.) 19 h 30.

Elle va finir par me mettre en retard.

—Ben quand même ! T'aurais pu me demander !

Estomaqué, je scrute son visage à la recherche d'une trace d'humour, mais elle est très sérieuse.

—Tu plaisantes, là ? Anaïs, je n'ai pas à te demander l'autorisation de sortir ! Non mais je rêve !

—Et si moi j'avais prévu qu'on fasse quelque chose ensemble ?

—Eh bien il fallait me le proposer plus tôt ! Je suis encore maître de mon emploi du temps, que je sache ! Bonne soirée.

Je prends mes clés et elle se précipite, la moue boudeuse.

—Attends, tu vas où ? Avec qui ? Je peux venir ?

—Anaïs, je vais être en retard, j'ai horreur de ça. Je te ferai un compte rendu détaillé de ce que je fais, d'où je vais, quand et avec qui lorsque je serai sénile. Et non, tu ne peux pas venir. À demain !

Je sors pour de bon et sans traîner. Une fois au volant, je me repasse notre discussion. À chaque feu rouge, la saine colère que je ressentais baisse d'un cran alors que je me mets à culpabiliser. Ça commence à s'embrouiller dans ma tête à force de peser le pour et le contre. Et ça ressemble à peu près à ça :

« *Elle est gonflée de vouloir que je lui demande l'autorisation de sortir, c'est vraiment le monde à l'envers !* »

« *Oui, mais elle voulait peut-être passer la soirée avec toi.* »

« *Mais elle ne me demande rien quand elle sort avec ses amis ou avec Quentin ! Elle se fiche pas mal que j'aie envie ou non de la voir, dans ces cas-là ! Et de toute façon, elle était déjà branchée sur Netflix.* »

« *C'est ta petite fille, c'est normal d'être disponible pour elle. En plus, elle a souffert d'être séparée de toi pendant plusieurs années.* »

« *Disponible » ne veut pas dire à « disposition » ! Elle sait très bien que je suis toujours là quand elle en a besoin, mais j'ai le droit d'avoir une vie, moi aussi.* »

« *Avec sa patronne ? Dans son dos ? Hé ben c'est du propre !* »

Je me fatigue moi-même.

J'ouvre grand les fenêtres de la voiture pour que l'air glacial me rafraîchisse les idées. S'il pouvait même congeler mes élucubrations, ça me ferait des vacances. Être parent, c'est se sentir toujours redevable de quelque chose, coupable de ne pas en faire assez dès que l'on dit « non ».

Je me gare juste devant chez Suzanne et respire profondément pour me remettre dans l'état d'esprit qui m'a agité toute la journée : l'impatience et l'envie. Au moment de sonner à sa porte, j'y suis presque. Et quand elle ouvre, j'y plonge tête la première, Anaïs disparaissant dans une dimension parallèle.

J'adore sa féminité si élégante, son maquillage léger, les reflets de ses cheveux dans les lumières tamisées de l'entrée. Et par-dessus tout, j'aime les yeux étincelants qu'elle pose sur moi, son sourire enchanté et enchanteur qui me dit qu'elle partage mon envie.

—Bonsoir, Suzanne.

Elle s'avance, se hausse sur la pointe des pieds et dépose un baiser sur ma joue.

—Bonsoir, Pierre. Je prends mon manteau et je suis prête.

Il faut argumenter un peu avec un vieux chat qui voudrait bien nous accompagner avant qu'elle puisse verrouiller. Le vent polaire nous fait presser le pas jusqu'à la voiture. Suzanne se frotte les mains pour les réchauffer alors que je ferme sa portière et contourne le véhicule pour la rejoindre.

Quand nous sommes tous les deux à l'abri, nous échangeons un regard et éclatons de rire ensemble.

—J'ai l'impression de faire le mur, c'est quand même dingue ! m'exclamé-je.

—Il y a de ça, répond-elle en riant encore. Il a fallu que j'aille m'enfermer dans les toilettes pour pouvoir lire votre carte tranquillement.

—Et moi je me suis fait engueuler parce que je n'avais pas demandé la permission de sortir !

Je démarre alors que le même sourire reste accroché sur nos lèvres. Et je reprends :

—Depuis qu'Anaïs est revenue vivre avec moi il y a trois ans, je me sens toujours un peu gêné d'avoir une vie d'homme en plus d'être père. Comme si je lui volais quelque chose qui lui appartient. Ce qui est stupide.

—Aberrant, mais pas stupide. C'est difficile d'apprendre à ne plus mettre nos enfants au centre de nos choix quand ils grandissent. D'autant plus quand on a été séparés d'eux, comme vous, ou quand on a dû répondre seule à tous leurs besoins, comme moi.

—Pourtant, ça fait belle lurette que nous ne sommes plus au centre de leurs choix : je dirais depuis… Kevin, quand elle était en 4e.

—Apparemment, c'est plus dur pour les parents que pour les enfants de couper le cordon ombilical. Et pourtant… Pourtant il faut bien réussir à le faire si on veut qu'ils quittent le nid dans la sérénité et construisent la vie dont ils rêvent.

Mon Dieu, que c'est agréable de parler avec une femme intelligente et clairvoyante ! Mon esprit s'apaise, se détend, les choses semblent limpides. Suzanne pose la main sur mon bras.

—Pierre ?

—Oui ?

—Est-ce que vous seriez d'accord pour que notre histoire reste notre secret quelque temps ? Nos filles se connaissent et s'apprécient. Je travaille avec Anaïs. Je n'ai pas envie de les voir défiler pour nous donner leur avis et demander ce qui se passe à tout bout de champ.

Je garde le silence un instant pour réfléchir. Je n'ai aucune envie moi non plus d'exposer mes émotions toutes neuves au jugement d'Anaïs.

—Ça se négocie... Tu m'accordes le tutoiement ? (Et comme elle hoche la tête, je reprends :) Suzanne, avoue que tu adores te cacher dans les toilettes pour lire des messages secrets !

Elle pouffe, et l'espace d'une minute, j'ai vraiment l'impression que nous sommes deux ados en train de faire le mur.

—D'accord, j'avoue, si tu me dis quel est ton vice !

Je gare la voiture et fais le tour pour lui tendre la main.

—Je n'en ai aucun jusque-là, je suis un ange. Mais il se pourrait bien, Suzanne, que ton sourire devienne mon vice. (Je dépose un baiser dans la paume de sa main gantée.) Je suis d'accord. Pour vivre heureux, vivons cachés. Et laissons le mystère protéger nos premiers pas.

Suzanne

Curieuse de voir où il m'a emmenée cette fois, je lève les yeux pour regarder autour de moi. Et découvre le spectacle féerique de la Seine scintillant de mille feux. Les décorations de Noël des rues et des ponts se reflètent dans les milliers de vaguelettes, rehaussées par les cristaux de glace de cet hiver exceptionnellement blanc. Juste devant nous, un bateau illuminé tangue sous les étoiles. Les épaisses nappes blanches, la verrerie et les couverts luisent derrière les vitres.

–Ça te plaît, Suzanne ?

Émerveillée, je me tourne vers lui avec un grand sourire, incapable de prononcer un mot, et prends la main qu'il me tend pour franchir le ponton recouvert d'un tapis rouge. Ses « tu » vibrent avec tendresse, créent une intimité cocon où se blottir.

Je laisse Pierre vérifier notre réservation et nous guider jusqu'à une table juste devant la baie vitrée. Quand ce midi je voulais me glisser dans les souliers de Cendrillon, je ne pensais pas que mon souhait se réaliserait au sens propre. Et pourtant, c'est exactement la sensation que j'ai : d'être une princesse.

–Suzanne, tu veux bien m'accorder une faveur ?

Pierre nous a commandé un apéritif et m'a laissé le temps de choisir mes plats avant de me poser cette question. Nous avons pris quelques minutes pour savourer le départ du bateau qui s'est lentement éloigné du quai. J'incline la tête, curieuse, et prête à dire oui à beaucoup de choses tellement je flotte haut dans ma bulle de bonheur.

Il se penche et pose sa main sur la mienne. Elle est chaude et douce, et dans un geste de pur réflexe, je la retourne pour enlacer ses doigts. Nos regards s'attardent sur nos peaux emmêlées et Pierre se racle la gorge.

—Finalement, je ne suis pas sûr que ma requête ait du sens…

—Essaie quand même, tu verras bien. Qui ne tente rien n'a rien.

Il se pince le lobe de l'oreille en réfléchissant.

—Ai-je un nombre de vœux limité, comme Aladdin ?

J'éclate de rire.

—Disons plutôt que chaque vœu se mérite et que leur nombre peut donc être… infime ou infini.

Nos plats arrivent et nous prenons le temps de les admirer et d'en savourer les premières bouchées.

—Infini, ça me plaît. Mais du coup ma faveur me paraît bien terre à terre.

—Pierre, arrête de tourner autour du pot, sinon mon imagination va s'enflammer.

C'est son tour de rire.

—Alors autant prévenir que je démarre au ras des pâquerettes. Suzanne, je t'ai découverte lors de cette soirée de gala dans la boutique. Je t'ai vue organiser et gérer ton équipe avec talent. Une autorité calme et sereine, de la fermeté tout en délicatesse. J'ai vu tout le monde se plier en quatre pour suivre tes indications. Et bien sûr, j'ai admiré le résultat.

Depuis plusieurs phrases, j'ai baissé les yeux et mes joues palpitent, heureusement dissimulées par les lumières tamisées. Son silence me fait relever la tête.

—Suzanne, accorde-moi quelques instants de banalité convenue pour me parler de ton travail. Pas de ce que tu fais, j'en ai une assez bonne idée. Mais de pourquoi tu l'as choisi. Ce qu'il t'apporte et ce que tu lui donnes.

Nous passons aux abords de la tour Eiffel, qui se met à scintiller à l'instant où nous nous croisons. Un soupir d'émerveillement général s'élève du bateau. Le spectacle est encore plus féerique depuis notre point de vue. La magie et le rêve, ce qui a présidé à mes choix, alors que tant de monde me perçoit comme une femme de raison, efficace et pragmatique.

—Autant en emporte le vent, je murmure.

Pierre reste silencieux. Le coude sur la table, le menton posé dans le creux de sa main, il m'écoute.

—J'ai vu ce film quand j'avais seize ans. Et ça a été un coup de foudre. Non pas pour le viril Rhett Butler, bien qu'il m'ait beaucoup plu. Mais pour cette magie qui se dégageait de l'univers féminin. Les dessous bouffants, les corsets lacés, les mètres de tissu précieux transformés en œuvres d'art. Les robes de l'après-midi et les robes du soir. Ce goût du détail parfait. Les accessoires assortis. Je trouvais fascinant cet univers codé, tout en donnant l'impression d'être naturel. Comme si chaque femme était initiée à un savoir commun, ancestral et secret.

Je reste songeuse, dans l'écho de cet émoi adolescent que je fais revivre. J'avais été frappée ce jour-là d'une révélation qui avait conditionné le reste de ma vie. Pierre reprend la parole d'une voix très douce :

—Pourtant, tu n'es pas devenue styliste.

—Non, je ne l'ai jamais voulu. Moi ce que j'aime, c'est la connaissance de ces fameux codes. Tout ce qui fait qu'une femme se sent bien, à sa place et mise en valeur. À l'abri bien sûr de ce que l'on appelle aujourd'hui le « fashion faux pas ». Tous ces créateurs... Je plonge dans leurs œuvres comme une gosse dans un coffre à jouets. Alors que devenir styliste... J'aurais eu l'impression de me heurter aux limites de mon imagination. Là, je peux m'immerger dans la créativité d'artistes du monde entier, c'est d'une richesse inouïe !

—Moi qui te croyais sage et mesurée, je te découvre boulimique ! se moque Pierre.

Je le défie du regard, avec un sourcil interrogateur.

—Et alors, tu en penses quoi ?

Il me dévisage longuement.

—Que j'adore ta gourmandise. Toutes tes gourmandises, ajoute-t-il en désignant mon assiette vide.

C'était tellement délicieux que je n'ai pas laissé une miette malgré notre conversation. Je repense au dessert qui m'a fait envie sur la carte et profite de l'occasion.

—Alors serais-tu d'accord pour partager avec moi cette farandole de desserts ?

—Je sens que si je dis non, je vais attendre très longtemps mon prochain vœu !

—C'est bien possible, je rétorque avec un clin d'œil.

Beau joueur, il passe commande de mon semi-caprice.

Nous restons de longues minutes silencieux à admirer le panorama. Sur la nappe blanche, la main de Pierre est revenue se poser sur la mienne et nos doigts s'entrelacent à nouveau.

Je me sens bien. J'aime sa façon de m'écouter. De m'écouter vraiment, se concentrant pour être sûr de comprendre ce que je veux exprimer. Puis de plaisanter. Et enfin d'être serein. Présent par cette main qui effleure l'intérieur de mon poignet, par le regard complice qu'il pose sur moi de temps à autre, toujours attentif à mes réactions.

Je veux à mon tour le découvrir, mais l'arrivée de notre farandole me coupe la voix. C'est un arc-en-ciel de couleurs, une symphonie de textures, une délicate architecture de lignes et de courbes fondantes et craquantes. Une délicieuse œuvre d'art qui me laisse bouche bée. Et j'ai le plus grand mal à oser porter atteinte à ce trésor du bout de ma cuillère. Jusqu'à ce que je goûte la première bouchée et jure de ne plus manger que ça jusqu'à la fin de mes jours[3].

Pierre se penche vers moi avec un sourire.

—Alors ?

Le traître, il profite de ma faiblesse alors que je fonds de bonheur ! Mais je suis bonne joueuse, moi aussi, et je m'incline :

—Quel est ton second vœu, Pierre ?

—Je le garde pour plus tard.

---

[3] Il va sans dire qu'une farandole des desserts d'une telle perfection ne peut être que l'œuvre de pâtissiers au talent bien connu, Zacharie, Ève et Claude. Le restaurant du bateau ayant eu la bonne idée d'établir un partenariat avec la pâtisserie *Les Délices d'Ève* pour garantir à leurs clients les meilleurs desserts de tout Paris !

Pierre

Plus tard, je veux que ce soit maintenant. Je viens de couper le moteur juste devant la maison de Suzanne. Le silence envahit notre bulle de chaleur. Nous savons tous les deux ce qui va se passer. Et tous les deux, nous voulons prendre le temps de déguster chaque sensation. Nous avons passé l'âge de vouloir courir au-devant du plaisir, pour atteindre celui où on le savoure. Je descends de voiture et la contourne lentement jusqu'à la portière de Suzanne. Main dans la main, nous marchons vers le seuil de sa maison.

J'ai le cœur qui bat fort sous mon manteau et je ne sens plus le froid. Tout ce que je vois autour de moi me paraît beau. Les flocons de neige qui glissent en scintillant dans la lumière des réverbères. Les cristaux de givre qui sculptent les branches d'arbre. La couverture de velours du ciel qui nous enveloppe de nuit. Tout ressemble au tableau parfait d'un maître flamand. Avec au centre de la composition, Suzanne, sa silhouette élégante, la ligne douce de son profil.

Un dernier pas avant de se tourner l'un vers l'autre. Un quart de tour pour faire face à l'envie et l'impatience, avec juste cette pincée de retenue soufflée par la timidité qui nous saisit.

Alors que je cherche le mot pour apprivoiser notre silence, Suzanne se hausse sur la pointe des pieds et passe ses bras autour de mon cou, son visage niché dans mon épaule. Je n'ai plus qu'à l'enlacer pour la serrer contre moi. Je plonge mon nez dans son encolure, m'enfonce dans son parfum comme dans une vague de chaleur qui me submerge. La douceur si délicate de notre étreinte se grave en moi. Les formes et le poids de son corps contre le mien. Son souffle qui frôle ma mâchoire. L'attache de ses mains sur ma nuque. Une brise vient éparpiller ses cheveux sur mon visage.

Et moi, j'oublie le temps pour m'installer dans ce moment. Je sais déjà que, quoi qu'il arrive par la suite, il résonnera longtemps dans mes souvenirs. Avec ce timbre de basse qui fait vibrer le ventre.

Je caresse sa chevelure et Suzanne relève la tête pour me regarder.

Prenant son visage dans mes mains, je me perds dans ses traits que la nuit patine de camaïeux d'ombres et de reflets veloutés. C'est comme si la rue tout entière avait ralenti son tempo pour s'accorder au rythme de notre exploration pas à pas.

Se découvrir par la vue. Sa silhouette, son allure qui m'attirent et m'émeuvent. Puis par l'ouïe, ces heures passées à parler. Son parfum. Et là, à cette seconde, le toucher, avec mes lèvres qui se posent sur les siennes. Lentement, laisser nos peaux se réchauffer en se frottant légèrement. Et enfin, prendre vraiment sa bouche, mêler nos respirations dans un seul souffle. Le soyeux de ce premier pas à l'intérieur de son corps. Et ce goût qu'elle a, qui m'achève. Comment résister à une femme qui séduit mes cinq sens et ravit mon esprit ?

Je m'attarde dans ce baiser que je voudrais sans fin, qui contient la magie de la découverte et la plénitude de la certitude. Car je le savais. Je savais qu'embrasser Suzanne serait merveilleux. Cette envie, cet instinct qui m'ont poussé vers elle, rompant mes habitudes confortables pour aller au-devant d'elle et vivre ce moment. C'est comme une reconnaissance, retrouver quelque chose que j'avais perdu sans le savoir, combler un manque que je découvre à l'instant où il disparaît.

Chamboulé par cette sensation d'avoir retrouvé mon intégrité, je ne prends conscience de mon désir que lorsque nos lèvres se séparent. Le désir de recommencer encore et encore, et de conquérir un peu plus d'elle à chaque baiser. Suzanne se recule légèrement et pose ses mains gantées sur mes joues.

—Merci, Pierre. D'être toi. D'être tel que je t'imaginais.

Sa voix enrouée par l'émotion n'est qu'un murmure. Elle dépose un baiser léger comme une aile de papillon sur mes lèvres, puis disparaît dans sa maison. Et moi, je reste cloué sur place par son chuchotement. Avec l'envie de m'éterniser là, juste devant chez elle, pour veiller sur son sommeil.

Parce que si je suis tel qu'elle m'a imaginé, elle est telle que je l'ai rêvée.

Suzanne

Je me laisse glisser par terre, assise contre ma porte à peine refermée et plaque mes mains sur ma bouche comme si je pouvais empêcher le baiser de Pierre de s'envoler. Je voudrais pouvoir l'inscrire dans ma chair, le respirer encore comme on s'étourdit d'un parfum, le glisser entre les pages d'un livre pour le faire sécher en gardant l'éclat de ses couleurs. Le cœur tendu vers le silence de l'autre côté du panneau de bois, je prie pour qu'il s'en aille. Qu'il me fasse entendre le bruit de ses pas sur les graviers, le ronronnement du moteur de sa voiture qui me dit qu'il s'en va. Parce que sinon, je vais me relever et le faire entrer. Pour qu'il répande cette sensation merveilleuse sur tout mon corps.

Et je ne veux pas. Pas ce soir. Je veux garder ce premier baiser dans un souvenir à part. Une enveloppe rien que pour lui, pour pouvoir le ressortir chaque fois que j'aurai envie de faire scintiller sa magie. Sans qu'il s'emmêle avec des caresses et des battements de cœur dans les draps. Non, je veux qu'il ait son propre piédestal, entre parenthèses pour ne pas le mélanger avec la suite.

Les larmes aux yeux d'émotion de ce cadeau que j'ai reçu ce soir, j'entends enfin son pas qui s'éloigne lentement, me laissant libre de vibrer de ces sensations nées sur un pas de porte dans la caresse cristalline de la neige.

Ces mots que j'ai chuchotés en m'arrachant à ses bras m'accompagnent alors que je monte me déshabiller et me coucher. Un merci qui valse dans mon esprit comme une prière alors que je me glisse sous la couette où mon chat me rejoint, ronronnant comme un moteur et faisant écho aux tremblements de mon cœur. La gratitude que j'emporte dans mon sommeil. Parce que Pierre existe, et qu'il m'a trouvée. Alors que je ne l'attendais pas. Alors que je ne l'attendais plus.

*

— Dans cinq minutes, maman ! hurle Méline à travers la maison.

Je dépose mes feuilles de laurier sur la planche à découper et quitte la cuisine pour aller me planter en haut de l'escalier qui mène à la cave.

—Méline, je t'ai fait des jambes, utilise-les pour te déplacer quand tu me parles au lieu de brailler !

La tête de ma fille apparaît au bas des marches, et elle grimpe jusqu'à moi en grimaçant, un énorme carton dans les mains.

—Tu n'aimes pas ma voix mélodieuse ? me demande-t-elle avec un grand sourire.

Je soupire profondément, faussement désespérée.

—Tu aurais dû t'engager dans l'armée. Tu aurais fait un excellent sergent instructeur.

Elle pose le carton à nos pieds et se redresse en se passant la main dans ses cheveux. J'enlève une toile d'araignée prise dans une mèche.

— Et marcher au pas ? Jamais !

— C'est effectivement une chose dont tu serais parfaitement incapable, ma chérie, même si ta vie en dépendait.

Je retourne à la préparation de mon poulet basquaise pendant que Méline et Alexia font de la place dans le salon.

C'est un bon dimanche. Mes filles sont près de moi, ce n'est plus si souvent que les week-ends me les ramènent toutes les trois ensemble. Le cœur léger, un premier baiser qui m'enveloppe comme une aura, je termine mon plat en chantonnant et me lave les mains au moment où la sonnette retentit. J'ouvre la porte pour me trouver nez à nez avec un sapin.

— Bonjour, Suzanne.

Je m'écarte pour laisser passer Erik et son fardeau, suivis de Romane.

— Bonjour, tous les deux. (Je les embrasse chacun leur tour.) Les filles sont dans le salon.

Je les suis et les regarde installer le sapin à sa place traditionnelle. L'odeur de pin embaume bientôt toute la maison. Lex met de la musique, et mes trois filles ouvrent le grand carton avec les mêmes cris de joie qu'elles poussent depuis vingt ans en déballant les décorations de Noël. Méline essaie de réveiller l'instinct joueur de Chaipa en agitant des grappes de boules devant ses pattes, mais l'époque où il se jetait dans le carton et grimpait dans le sapin est révolue. Il préfère les surveiller du coin de l'œil en se blottissant contre moi pour réclamer des caresses. Je sirote un verre de vin blanc, assise dans le canapé, me régalant de les voir rire ensemble ou se chamailler pour savoir qui accrochera l'étoile au sommet ; du feu de cheminée qui craque ; du parfum de repas de famille qui mijote dans ma cuisine. Erik va et vient au milieu de nous, arrachant des bribes de bonheur au temps qui passe avec son appareil photo.

J'aime beaucoup ce jeune homme. Parce qu'il rend Romane heureuse. Pas seulement l'amoureuse, mais aussi la femme qu'elle construit chaque jour.

J'ai traversé la journée d'hier embarquée dans la rondeur du baiser de Pierre, dans la douceur du message qui m'a réveillée au petit matin. Tout me paraissait vaporeux, même les taquineries à la boutique pour tenter de deviner qui m'avait offert les roses rouges. Mais une image s'est imprégnée en moi à travers le brouillard de bonheur. L'échange de regards entre Erik et Romane quand ils sont venus livrer les bijoux et que Quentin les a installés en vitrine avec les robes éblouissantes de Lexie. Et dans la fierté de l'une et l'admiration de l'autre, il y avait toutes les étoiles du ciel.

Une fois le sapin entièrement décoré, je branche la guirlande électrique, ma prérogative de chef de famille. Et la magie de Noël illumine nos visages en clignotant.

Durant tout l'après-midi, depuis l'apéritif jusqu'à la sieste digestive devant la cheminée, ma maison est emplie de rires et d'amour.

Ils tentent bien de percer mon secret et de découvrir l'identité de l'homme aux roses rouges, mais je reste imperturbable. Méline aussi, quand elle assène tranquillement :

— Bon, dans tous les cas, maman, tu n'oublies pas hein ? Maintenant, qui que soit Monsieur Roses Rouges, c'est préservatif pour les galipettes !

Je m'étrangle sur ma fourchette pleine de gratin dauphinois pendant que Romane jette sa serviette à la tête de sa jumelle.

—Punaise, mais t'en rates pas une, toi ! Depuis quand tu te mêles des détails de la vie intime de maman ?

Mon rhinocéros hausse les épaules en prenant une gorgée de vin.

—Les temps ont changé depuis sa jeunesse. Je n'ai pas envie qu'elle attrape une cochonnerie.

Erik lève les yeux au ciel en remplissant mon verre. Il me faut bien ça pour oublier que ma fille me donne des cours de sexualité et considère que ma propre vie intime remonte à la Première Guerre mondiale. Mais cela a l'avantage de faire piquer un fou rire mémorable à Lexie et de leur faire changer de sujet. Jusqu'au moment du départ, où Erik me chuchote à l'oreille :

—J'espère que vous allez être heureux ensemble. Pierre est quelqu'un de bien. Vous le méritez tous les deux.

Je me recule, le rouge aux joues. Ai-je fait une gaffe ? Laissé filtrer un indice qui va dévoiler mon bonheur tout neuf et encore si fragile ? Mais Erik secoue doucement la tête de gauche à droite.

—L'instinct, Suzanne. Je serai muet comme une tombe.

Romane le tire par la manche alors qu'il m'embrasse sur la joue pour me dire au revoir.

—C'est quoi ces cachotteries ?

—On complote pour ton cadeau de Noël, ma puce, répond Erik en me faisant un clin d'œil.

Ils s'en vont et je reste seule dans ma maison vide. Mais ce soir son silence vibre doucement, comme si nous avions régénéré son âme et empli ses murs d'amour. Je me penche pour soulever mon vieux compagnon dans mes bras.

—Tu es fatigué de toute cette agitation, hein mon vieux pépère ? Allez viens, on va au plume.

Demain, boutique et galerie sont fermées. Pierre et moi avons la journée rien que pour nous.

Pierre

Elle porte un jean, des boots et un pull à grosses cotes bleu marine sous son blouson. Ses cheveux sont ramenés à la hâte dans un élastique qui laisse échapper des mèches rebelles qui auréolent son visage. Ses yeux pétillent de joie, et moi j'ai les jambes en coton devant son sourire.

—Bonjour, Suzanne.

Je retrouve le goût de ses lèvres et la douceur soyeuse de sa bouche. Cette fois le désir monte comme une flèche et je voudrais pouvoir verrouiller sa porte dans mon dos et l'entraîner au cœur de sa maison. Je m'écarte pour reprendre mon souffle et Suzanne se recule pour fermer son manteau et enfiler ses gants. Elle évite mon regard, mais je n'ai pas besoin de plonger dans ses yeux pour savoir que le même courant la traverse. Ses joues sont rouges, ses lèvres gonflées et ses doigts tremblent sur sa fermeture Éclair. Mon Dieu qu'elle est belle !

Je sors pour qu'elle puisse fermer la porte et nous éloigner de la tentation. Puis je prends sa main, cherchant à en sentir la finesse à travers le cuir. Maudit hiver qui l'ensevelit dans des couches trop épaisses et me prive du plaisir d'explorer son corps du bout des yeux.

—Suzanne, je choisis le déjeuner et ensuite c'est toi qui décides de l'après-midi. Deal ?

Songeuse, elle réfléchit un petit moment avant qu'un grand sourire m'indique qu'elle a trouvé.

—Deal.

—Alors que veux-tu faire ?

—Surprise ! répond-elle en glissant son bras sous le mien. Allons d'abord déjeuner.

J'ai choisi un restaurant de couscous, une petite table familiale où les légumes croquants gorgés de soleil et la semoule aérienne nous font oublier l'hiver pendant une heure.

En sortant, nous marchons un peu. Suzanne rit dans l'air glacé.

—Je n'ai pas l'habitude de manger autant le midi, il faut qu'on digère un peu avant ma surprise.

—D'accord, une petite marche digestive. Normalement c'est le rituel dominical, mais en tenant un commerce on vit un peu décalés.

Notre déambulation paresseuse se sème d'arrêts. Pour glisser une main dans les cheveux de Suzanne en replaçant une mèche derrière son oreille. Pour caresser ma joue au prétexte d'enlever un flocon de neige. Un baiser particulièrement doux s'épanouit jusqu'à nous blottir à l'abri d'une porte cochère, le ventre en feu et les lèvres brûlantes. Je voudrais effacer la rue et le froid pour glisser mes mains sous son pull. J'ai envie d'elle, Suzanne a réveillé mon désir, et l'envie de faire l'amour avec elle me taraude.

La porte de l'immeuble s'ouvre brusquement dans un grésillement, manquant nous faire basculer en arrière. Le propriétaire d'un chien sort en grimaçant dans le froid, grincheux de s'arracher à la chaleur de son appartement. Il nous dévisage avec suspicion et ferme soigneusement la porte derrière lui.

Nous éclatons de rire, toujours serré l'un contre l'autre. Suzanne pose son front contre ma poitrine, je caresse sa nuque, embrasse ses tempes.

Cela fait une éternité que je ne me suis pas senti aussi vivant.

*

Vivre est dangereux, j'aurais dû m'en souvenir. Et Suzanne en est parfaitement inconsciente, si j'en juge par son sourire ravi. Ça aussi, j'aurais pu le deviner. Je connais ses filles. Leur passion, leurs lubies, leur créativité, leurs excentricités. Le fruit ne tombe jamais loin de l'arbre. Elles tiennent tout ça de leur mère. J'en ai la preuve ficelée aux pieds : des patins à glace. Suzanne m'a emmené à la patinoire, la voilà sa surprise.

Elle s'amuse de ma mine déconfite.

—Allons, Pierre. Face au pire obstacle, trente secondes de courage suffisent. Juste le premier pas !

—Ou la première gamelle ! Suzanne, je ne suis pas monté sur des patins depuis des lustres.

—Pareil pour moi, mais regarde comme c'est beau, ça te coupera l'envie de râler !

De la main, elle désigne le décor qui nous entoure. Nous sommes en plein air devant l'Hôtel de Ville, au milieu des décorations de Noël et des parfums de crêpes et de chouchous. Je me lève avec mille précautions.

—Et après tu vas me réclamer une barbe à papa ?

Ses yeux brillent de joie.

—J'aurais peut-être envie d'une pomme d'amour aujourd'hui. Mais si tu préfères la barbe à papa…

Je ne sais plus si j'aime ça ou pas, je n'en ai pas mangé depuis si longtemps. Depuis qu'Anaïs m'en réclamait en descendant du manège puis me la collait dans les mains pour faire un nouveau tour de carrosse. Mais pomme d'amour ou barbe à papa, je suis sûr d'adorer le baiser au goût de sucre que nous échangerons ensuite.

—Suzanne, je te promets une barbe à papa si aucun de nous ne finit à l'hôpital avec un plâtre.

Est-ce sa main accrochée à la mienne, son sourire lorsque nous parvenons à glisser sur la glace comme dans un rêve, ou le mythique esprit de Noël ? Je ne sais pas et je m'en fiche. Mes réflexes reviennent peu à peu, et je prends autant de plaisir que Suzanne à cette échappée, ris aussi fort qu'elle quand l'un de nous dégringole et finit à plat ventre ou sur les fesses, virevoltant sur la surface lisse avec l'élégance d'un éléphant.

Quand je lui offre sa barbe à papa, et elle mon baiser sucré, je suis heureux. Et je n'ai rien de cassé.

Nous retrouvons la voiture et son chauffage avec un soupir de soulagement. Je voudrais, ce soir, m'endormir dans ses bras. Je ne le dis pas, mais je l'espère. À son sourire. À sa main posée sur la mienne pour entremêler nos doigts autour du pommeau de vitesse. Aux baisers que nous volons à chaque feu rouge.

Je m'arrête devant chez elle, mais elle se crispe brusquement autour de mon bras. Je lève les yeux pour voir la lumière allumée à la fenêtre de la cuisine, les silhouettes qui vont et viennent derrière les voilages. Je grogne de frustration et vais me garer quelques mètres plus loin. Suzanne se mord la lèvre inférieure en me fixant d'un air coupable.

—Je suis désolée. Mes filles ont l'habitude de débarquer sans prévenir.

Je grimace en la recoiffant machinalement du bout des doigts. J'aime son oreille, petite et délicatement ourlée, le minuscule trou dans le lobe pour y glisser un bijou.

—Je ne peux rien dire. Anaïs a la fâcheuse manie d'aller et venir sans jamais m'informer ni de sa présence ni de son absence.

On se retrouve donc à la case départ, comme si notre vie se mordait la queue pour se moquer de nous. À se bécoter dans la voiture en cachette, à l'abri du regard de nos enfants qui ont remplacé nos parents dans le rôle du chaperon.

Mais quand je m'offre le plaisir de promener le bout de ma langue le long des replis de son oreille et que je la sens frémir dans mes bras, je me jure qu'enfants ou pas, je découvrirai dès que possible les trésors de sensualité que recèle le corps de Suzanne.

Suzanne

Je ne sais plus si j'ai cinq, quinze, vingt-cinq ou cinquante ans et je m'en contrefiche. Je suis heureuse, et il n'y a pas d'âge pour le bonheur. Depuis lundi, je fais un long voyage au Pays des Merveilles.

Mon corps s'est éveillé d'un long sommeil sous les baisers et les caresses de Pierre. Ses regards pleins de désir m'ont envahie de la tête aux pieds, et ils m'habitent à chaque heure. Je les sens même quand je les oublie quelques minutes. Mon pas est plus léger, mon dos plus droit, mon sourire plus spontané, mon sommeil plus profond. J'avais oublié toutes ces sensations.

Je n'ai derrière moi que des fausses pistes et des échecs. C'est la première fois depuis mon veuvage que je retrouve cette impression unique de confiance. La certitude de pouvoir m'abandonner avec sérénité, parce que je n'ai rien à craindre de lui. Ni trahison ni déception. Je crois en lui avec la même spontanéité et la même candeur que lorsque j'avais vingt ans. Et malgré mon expérience, cela me donne à penser qu'il est le bon. Pour moi, à cet instant, pour cette histoire. Notre semaine se déroule à distance, comme si nous voulions tous deux faire mille et un détours avant de toucher au but. Prendre le temps de tisser notre complicité fil à fil pour approfondir notre connaissance de l'autre.

Mardi, nos messages s'entremêlent de fous rires. Nous comparons nos courbatures, décrivons les bleus récoltés lors de nos chutes sur la glace. Nous rions que nos lits soient tout à coup si bas. Et promettons, croix de bois, croix de fer, de reprendre ensemble une activité physique pour ne pas rouiller trop vite.

J-5.

Mercredi, il s'inquiète pour Anaïs qu'il trouve énervée. À la maison, elle tourne en rond et s'émeut d'un rien, comme si quelque chose la tracassait. Au travail, elle est comme d'habitude. Peut-être juste un peu plus distraite, mais nous sommes habitués à ses gaffes.

Il me dit qu'il adore mon jean mais qu'il voudrait être en été pour que je ne sois pas cachée dans un manteau quand il me retrouvera.

J-4.

Jeudi, je lui parle du livre que je viens de finir et qui m'a émue aux larmes. Né d'aucune femme, de Franck Bouysse. Mais je ne peux pas lui dire pourquoi sans le spoiler. Il me demande de le mettre dans mon sac à notre prochain rendez-vous pour le lui prêter, et je suis heureuse de pouvoir partager ça aussi avec lui, l'amour de la lecture.

Je commence mes courses de Noël, et découvre que, cette année, j'ai envie de poésie, de romantisme et de féerie. De papiers cadeaux brillants avec d'énormes nœuds de satin. Je m'achète même une boule à neige à poser sur la cheminée.

J-3.

Vendredi, il va de rendez-vous en rendez-vous pour son exposition qui approche. Mais il me cueille au coucher avec un message plein de tendresse.

« *Je cours depuis ce matin, mais tu ne m'as pas quitté un seul instant. Je me languis de retrouver la chaleur de tes flammes. Je pense tellement à toi que je veille sur ton sommeil même de loin. Bonne nuit ma chérie.* »

Mon cœur d'artichaut fond aussitôt et je m'endors avec un sourire d'imbécile heureuse.

J-2.

Samedi, nos envies se télescopent. Il reçoit ma bouteille de Meursault alors que je détache la petite enveloppe de son bouquet de roses. À partir de cet instant, nos échanges se réchauffent brutalement. Parler de nos baisers donne envie d'en collectionner d'autres. Se rappeler la douceur d'un souffle sur la peau fait flamboyer l'imagination autour de ce thème brûlant : la peau de l'autre.

Il me manque. Je veux entendre sa voix et m'envelopper dans ses regards. Me reposer dans ses sourires et m'enflammer entre ses mains. J'ai envie de savoir comment il est habillé, ce qu'il mange et à qui il parle, et de quoi. Tous ces petits détails que je ne connais pas encore.

Que mange-t-il au petit déjeuner ? Quelle est la couleur des murs chez lui ? Regarde-t-il souvent la télé ? De quel côté du lit dort-il ? Est-ce qu'il ronfle ? À quoi ressemble son armoire (je n'ai jamais connu un seul homme dont l'armoire reste longtemps rangée) ? Sait-il siffler avec les doigts dans la bouche ? Aime-t-il les massages ? Et en faire ? Se rase-t-il avec un rasoir électrique ou manuel ? Quelle est sa couleur préférée ? Aimerait-il les boucles d'oreilles que je porte aujourd'hui ? Est-il grognon au réveil ? Est-ce qu'il préfère lire le journal ou écouter la radio ? Chante-t-il sous la douche quand il est heureux ? Lui arrive-t-il de pleurer ? Comment sont ses colères ?

Toutes ces questions et mille autres me tournent dans la tête sans relâche. Je m'agace vite, me déconcentre encore plus vite. Il me manque.

J-1.

Dimanche, à l'approche des fêtes, nous travaillons tous les deux. Mais je suis euphorique. Je papillonne d'une cliente à l'autre sans relâche, classe les dossiers en retard et sursaute dès que mon téléphone vibre. Lexie rit sous cape, Quentin me regarde avec des yeux ronds et Anaïs, effectivement, semble un peu ailleurs. Mais étant moi-même sur une autre planète, je ne m'en soucie guère.

Je compte les heures, révise mes tables de multiplication pour égrener les minutes, pousse et tire les aiguilles de ma montre jusqu'à la fermeture.

Jour J.

Je file jusque chez moi pour prendre une douche et me faire belle. Ce soir je me veux femme jusqu'à la pointe de parfum que je dépose au creux de mon ventre. La maison embaume du dîner préparé la veille qui mijote doucement. Le feu crépite dans la cheminée. Paolo Conte diffuse sa joie de vivre aux pointes mélancoliques. Et le sapin qui brille de toutes ses guirlandes me rappelle que cette année, pour la première fois depuis très longtemps, je vais moi aussi recevoir ma part de magie pour Noël.

C'est enfin l'heure de retrouver Pierre.

Pierre

—Papa, il faut que je te parle.
—Euh… C'est urgent ? Parce que je sors, là.

Je repose mon flacon d'eau de toilette et vérifie que je ne suis pas trop ébouriffé par la douche.

—C'est important.

Le ton sentencieux d'Anaïs me crispe. Je sens que je vais être en retard, alors que mon impatience me crie que chaque minute compte. Et puis elle est obligée de me pourchasser jusque dans la salle de bains ? Je n'ose même pas imaginer ses hurlements scandalisés si je faisais mine de pénétrer dans cette pièce tandis qu'elle est en sous-vêtements.

Persuadé de mieux m'en tirer en accédant à sa demande, j'attrape ma chemise et commence à la boutonner.

—Je t'écoute.

Elle s'appuie sur le chambranle de la porte en se mordillant l'ongle du pouce et je me rends compte qu'elle m'examine de la tête aux pieds.

—Tu es encore bel homme.

Elle a l'air surpris, et je tique un peu sur le « encore », mais je choisis de ne pas me vexer et de prendre le compliment comme il vient. Je suis nerveux et toutes les ondes positives sont les bienvenues. Oui, nerveux. Est-ce que Suzanne va me trouver à son goût une fois que j'aurai enlevé les habits bien coupés ? Mes tablettes de chocolat ont disparu avec le temps.

—Papa, tu m'écoutes ?

—Hein ?

Ahuri, je me tourne vers elle. Elle était en train de parler. J'en suis resté à « bel homme ». Je respire profondément, glisse les mains dans mes poches et me plante bien en face de ma fille.

—Vas-y ma puce, je t'écoute.

Elle recommence à se mordiller l'ongle et un nœud se forme dans mon ventre. Que va-t-elle m'annoncer ? Rien à voir avec son travail, sinon Suzanne m'aurait prévenu. Quentin peut-être ? Oh merde, elle est enceinte ! Bordel, elle est trop jeune, je vais le tuer ce petit con, il ne pouvait pas faire attention ?

—Maman rentre en France.

—Quoi ?

Mes poings se desserrent dans mes poches et j'appuie la main sur mon cœur. Punaise, elle m'a foutu une de ces frousses ! Je suis sûr d'avoir au moins une poignée de cheveux blancs en plus et frôlé l'infarctus.

—Maman rentre en France définitivement.

Je sors de la salle de bains et repasse dans ma chambre prendre un pull et une écharpe.

—Tu m'as fait peur, Anaïs. C'est une très bonne nouvelle.

—C'est vrai ?

Ma tête émerge du col de mon pull et je finis de l'enfiler, surpris par sa joie.

—Bien sûr que c'est une bonne nouvelle. Je sais que tu aimes beaucoup aller la voir aux États-Unis, mais comme ça tu la verras plus souvent. Je comprends tout à fait que pour une jeune femme de ton âge ce soit important d'avoir sa mère à ses côtés.

Elle agite la main avec agacement.

—Oui, moi aussi je suis contente, mais… et pour toi ?

—Comment ça, « et pour moi » ?

—Tu es content qu'elle revienne ?

Elle fait semblant de s'occuper des poussières sur ma commode, mais un signal d'alarme interne me prévient que j'entre en terrain miné. Je choisis mes mots avec soin.

—Ce qui te rend heureuse me rend heureux, Anaïs. Cela dit, l'histoire de ta mère et la mienne ont divergé depuis longtemps.

—Mais elle revient seule ! s'écrie-t-elle.

—J'en suis désolé pour elle. Je croyais que son deuxième mariage l'avait rendue plus heureuse que le premier.

—Non. Et maintenant elle est seule et il lui a tout pris.

Connaissant Agathe, elle a quand même dû assurer ses arrières.

—Si je peux l'aider, je le ferai. Mais, Anaïs ? (Je pose un doigt sous son menton pour qu'elle me regarde.) Il n'y aura rien d'autre que ça. Tu es le seul lien qui subsiste entre nous.

—Tu pourrais essayer, papa. Elle a changé. Peut-être que…

—Non. (Je la coupe immédiatement et un peu sèchement.) Pas de peut-être, Anaïs.

Elle repousse mon doigt et son visage se masque de colère.

—Tu as rencontré quelqu'un, c'est ça ? Les sorties, les beaux habits, le parfum… Tu vois une femme.

—Oui.

—Qui ?

—Je te le dirai quand je serai prêt. Pour l'instant c'est mon histoire, et mon jardin secret.

—Mais ça ne dure que depuis quelques jours ?

—Ça me trotte dans la tête depuis un petit moment, mais oui, ça n'a pris forme que depuis quelques jours.

—Quelques jours, ça ne veut rien dire. Revois maman et on en reparle après.

—Tu te rends compte de ce que tu dis, Anaïs ? Je tiens énormément à cette femme, je suis heureux avec elle. Et « on » ne reparlera de rien du tout. C'est moi et moi seul qui décide de ma vie amoureuse.

—Tu pourrais faire un effort ! Pour moi ! Je suis ta fille.

—Je ne peux pas faire l'effort de me remettre avec ta mère dix ans après son départ juste pour te faire plaisir ! Anaïs, tu as vingt et un ans. Tu travailles, tu es amoureuse, toi aussi. La construction de ta vie ne dépend plus de ce que font tes parents.

—Mais maman et moi, on s'est dit que ce serait top. Ça lui éviterait de galérer au retour, et elle ne serait pas seule. C'est tellement plus simple, tellement pratique !

—« Pratique » ? (Cette fois je suis fou de rage.) Parce que je suis censé être « pratique » pour ta mère et toi ?

Furieux, je gagne l'entrée à grandes enjambées, attrape mon manteau et mes clés, Anaïs sur les talons.

—C'est qui ? Réponds-moi ! Qui as-tu rencontré ?

—Ça ne te regarde pas, Anaïs. Je sors la retrouver. Ne m'attends pas.

Je retourne dans ma chambre pour prendre le portefeuille que j'ai oublié. Furibond comme je suis, je dois le chercher. J'ai un rideau rouge devant les yeux. Anaïs me rejoint en courant, brandissant mon téléphone.

—C'est Suzanne ? Tu sors avec ma patronne ? C'était toi, les roses rouges ?

Je trouve enfin ce foutu portefeuille. Je récupère mon téléphone en espérant qu'elle n'ait pas lu tous nos messages et me passe la main sur le front. Je suis en nage – très sexy pour mon rendez-vous.

—Oui, c'est Suzanne.

—Je te déteste ! Je vous déteste tous les deux !

Elle sort comme une furie de ma chambre et la porte d'entrée claque violemment deux minutes plus tard.

Assis au bord de mon lit, la tête dans les mains, je tente de desserrer l'étau qui me comprime la poitrine.

Suzanne

Il est en retard, ça ne lui ressemble pas. Je tournicote dans le salon sans savoir quoi faire. Je ne peux rien commencer, puisqu'il va arriver d'un instant à l'autre. Impossible de lire, je suis trop fébrile. Pour la cinquième fois, je vais jeter un œil dans la rue en écartant le rideau. Il n'est pas là.

En croisant mon reflet dans le miroir de l'entrée, je me trouve soudain trop apprêtée. Comme si j'essayais de me faire passer pour une autre. Je monte en vitesse dans ma chambre, espérant maintenant qu'il me laisse cinq minutes de répit. J'allège mon maquillage, estompe mon rouge à lèvres et enlève mes boucles d'oreilles. Je me sens tout à coup si fragile, si vulnérable à son regard, que je préfère lui faire face le plus simplement possible. Comme si au naturel, je prêtais moins le flan à la critique.

Je suis dingue ! Pierre ne m'a jamais critiquée, au contraire il m'a couverte de compliments. Ce nœud dans le ventre n'a rien à voir avec lui. C'est moi. Moi qui tremble soudain juste parce qu'il a une vingtaine de minutes de retard. Moi qui me laisse déborder par mes complexes, mes mauvais souvenirs et mon manque de confiance en tant que femme.

Une femme d'affaires qui a réussi. Mais suis-je une femme que l'on peut aimer ?

Il arrive au moment où la question s'impose à moi, prenant toute la place dans ma tête. Il ne sonne pas, mais toque doucement contre la porte. Je descends avec les jambes flageolantes, à des années-lumière de celle qui avait le pas plus léger et qui comptait les jours.

J'ouvre lentement, et Pierre sur le seuil m'attend avec un visage complètement défait. À croire que nous sommes victimes d'une épidémie. Il avance d'un pas sans dire un mot et me prend dans ses bras. Dès que je suis contre lui, baignant dans sa chaleur et son odeur, je m'apaise. Mes doutes refluent. Je me sens bien, à ma place. En sécurité.

Lui reste collé contre moi, le nez plongé dans mes cheveux. Il inspire mon parfum comme s'il remontait d'une longue apnée. Il desserre son étreinte sans me lâcher et referme la porte derrière lui. Il ne porte ni manteau ni gants et ses mains sont glacées. Je les enveloppe et souffle dessus pour les réchauffer.

— Pierre, tout va bien ? Viens devant la cheminée.

Il me retient.

— Tu es belle, Suzanne. Tu m'as manqué. Tu m'as terriblement manqué.

Son ton noué d'émotion m'inquiète. Cette fois je parviens à l'amener devant le feu. Envoyant balader mes escarpins, je m'agenouille sur le tapis, l'entraînant à ma suite. Il semble avoir besoin de temps, et je ne veux pas le harceler de questions. Déjà, qu'il se réchauffe. Je lui sers un verre du vin que j'avais sorti pour l'apéritif et nous trinquons doucement.

Il boit une gorgée, ferme les yeux. Fait rouler sa tête d'une épaule à l'autre pour détendre les muscles de sa nuque. Il paraît crispé de la tête aux pieds par l'angoisse et le stress. Mon imagination parcourt des chemins de plus en plus sombres et je dois me contrôler pour ne pas lui arracher des réponses. Il enlève ses chaussures à son tour. Prend un de mes pieds dans ses mains et le caresse doucement. Des frissons inattendus me remontent jusque dans le cuir chevelu et je veux bien tout oublier pourvu qu'il continue.

—Je suis désolé, Suzanne. J'ai compté chaque jour, puis chaque heure qui me séparait de ce moment. Et je ne suis pas du tout dans l'état d'esprit que j'espérais.

—Que s'est-il passé ?

Il lâche mon pied et je proteste involontairement. Il sourit, prend l'autre, et rester attentive à ses mots me demande de plus en plus d'efforts.

—Une grosse dispute avec Anaïs. (Il immobilise ses doigts et relève la tête.) Elle sait. Pour nous deux.

Je me crispe même s'il reprend ses caresses magiques.

—Et c'est ça qui l'a mise tellement en colère ?

—Oui... Non.

—Oui ou non ?

—Sa mère revient vivre en France. Seule. Elle pensait que je serais heureux de la retrouver. Notre rencontre chamboule ses plans.

Instinctivement, je me recroqueville, glissant mes pieds sous mes fesses. Retrouver sa mère ? Son ex- femme ? Je me rappelle qu'il m'a parlé d'une énorme blessure, d'avoir été démoli. Je serre mes bras autour de moi. C'est mon tour d'avoir froid. Il pose son verre et me prend par les épaules pour me tourner face à lui.

—Suzanne, c'est ce qu'elle espérait, ce n'est pas ce que je veux.
—Mais tu es chamboulé.
—Par la dispute avec Anaïs, pas par le retour de sa mère.

Il était tellement décomposé en arrivant que je ne suis pas sûre de le croire. Il m'étreint plus fort et insiste.

—Suzanne, je te le jure.

Les larmes me montent aux yeux. J'ai peur. Peur de souffrir, d'être déçue. Cela m'atteint de plein fouet alors que j'avais spontanément abandonné toute réserve avec lui. Je me sentais tellement en sécurité. Quelle idiote !

—Suzanne, je t'en prie, regarde-moi. Le seul lien que j'ai encore avec Agathe, c'est Anaïs. Je te le promets.

Il se penche et m'embrasse. Un baiser soyeux et attentif, comme pour me rassurer, m'apprivoiser. Il chuchote contre mes lèvres.

—Ne t'enfuis pas, s'il te plaît.

L'euphorie et la passion ne sont plus de mise. Je m'accroche à ses bras pour trouver un ancrage.

—Elle est fâchée parce que c'est moi ?
—Non. Juste parce que les plans qu'elle a tirés sur la comète avec sa mère tombent à l'eau. Mais ça n'a rien à voir avec toi. Elle t'adore, elle me le dit depuis qu'elle a commencé à travailler chez toi.
—Hum… M' « adorait » est plus juste il me semble, maintenant.
—Je suis désolé, Suzanne. Elle va finir par se calmer.
—Elle était en colère à ce point ?

Il hausse les épaules, plus pour chasser un mauvais souvenir que par insouciance.

—Elle est partie en claquant la porte. J'imagine qu'elle est chez Quentin.

Le silence retombe. Difficile d'enchaîner après ça. De retrouver la bonne mélodie pour sauver notre soirée. J'essaie quand même.

—Tu as faim ?

—Pas vraiment, mais ça sent bon. (Il se met debout et me tend la main pour que je suive le mouvement.) Que nous as-tu préparé ?

—De l'osso bucco.

—J'adore ça.

Nous gagnons la cuisine et picorons dans nos assiettes, tentant de renouer le fil ténu qui nous unit. Ce n'est pas le moment des grandes introspections et nous parlons sagement de nos semaines respectives.

Une fois la table débarrassée, je reste plantée dans la cuisine, le cœur lourd.

Est-ce que cela va se passer comme ça ? Cette discussion neutre pour apaiser nos appréhensions et un baiser sur le pas de la porte, avant son absence et son silence ? Pierre se glisse derrière moi et me prend dans ses bras. Sa bouche dans mes cheveux, il parle tout bas.

—Suzanne, impossible de penser faire l'amour avec toi dans cette atmosphère triste. Mais je n'ai pas envie de partir. Laisse-moi rester avec toi cette nuit. Je te promets de ne rien tenter. Je veux simplement te sentir contre moi et veiller sur ton sommeil.

Le soulagement me fait bafouiller. Je me retourne pour m'accrocher à son cou.

—D'accord.

Il m'étreint plus fort.

– Où veux-tu dormir ?

Ma chambre, mon lit me semblent terriblement intimes.

– Devant la cheminée ?

– Ça me va. Tout me va quand je suis près de toi, Suzanne.

Il est plus fort que moi. Je suis incapable de ces cadeaux de tendresse quand je suis bouleversée. L'inquiétude verrouille mon cœur et mes lèvres.

Dans le salon, je nous installe un nid sur le tapis avec les coussins du canapé et le gros plaid moelleux que je prends pour lire ou regarder la télé. Pierre fait le tour de la pièce pour éteindre les lumières et fermer les rideaux.

Je l'attends, debout au milieu de notre lit improvisé, empotée, ne sachant que faire. Il me rejoint, calme et sûr de lui. À la lueur des flammes, il paraît encore plus solide, plus confiant, alors que je suis de plus en plus perdue.

Allongée face à lui, j'ai conscience de mon regard craintif, et de la pulsion qui me pousse à me pelotonner contre lui pour me mettre à l'abri et me cacher en même temps. Il passe une main dans mes cheveux, caresse mon oreille.

– Tu me déstabilises, Suzanne. Je te savais forte, je te découvre fragile.

– Il y a une femme fragile derrière toute femme forte. Et une femme forte derrière toute femme fragile. (Je marque un temps d'arrêt mais la question jaillit malgré moi.) Ça te déçoit ?

– Tu n'es pas « toutes les femmes », Suzanne, tu es unique. Et non, cela ne me déçoit pas. Cela me donne envie de te protéger.

Il se redresse sur un coude pour m'embrasser. Je sens une énergie nouvelle dans ce baiser. Un regain de vitalité, une bouffée de désir. Mais je ne suis plus prête. Je ne me sens pas, ce soir, de dévoiler mon corps ni d'explorer le sien. Je me contracte.

—Chut... Tout doux, Suzanne. Des baisers, des caresses, de la tendresse. Rien d'autre. Et si tu le veux.

Je hoche la tête, à demi convaincue. Et pas sûre de savoir encore comment faire. Il cale ma tête contre son épaule. Ses mains vont et viennent dans mon dos, langoureuses. Je me détends peu à peu, reprends confiance dans le contact de nos corps.

—Suzanne ?

—Oui ?

—Est-ce que je peux enlever mon pantalon ?

Je relève brusquement la tête, sur le qui-vive. Mais il a plus l'air penaud que prêt à me sauter dessus.

—Ma ceinture me serre. Je ne vais jamais réussir à dormir comme ça.

Je souris vraiment pour la première fois depuis son arrivée.

—Douillet ?

—Atrocement. Je suis un homme. Je suis très attaché à mon confort, ironise-t-il.

Le poids qui m'oppressait tombe doucement de mes épaules. L'humour de Pierre est un trésor.

—Autorisation accordée. À condition que je puisse enlever mes bas.

Il sourit et me tend la paume de sa main pour toper là. Cachés sous la couverture, nous nous tortillons pour enlever nos carcans respectifs, ce qui finit bien sûr par nous faire éclater de rire. Pierre me reprend dans ses bras et cette fois je me blottis volontairement contre lui. Nos jambes s'emmêlent peu à peu. J'aime sentir la force de ses muscles contre le moelleux de mes cuisses. Le picotement de ses poils quand son mollet frotte mon tibia. Je joue avec le bouton de sa chemise juste sous mon nez, sur l'air de « je voudrais bien mais je n'ose pas ».

—Tu as une idée en tête, Suzanne.

—Comment le sais-tu ? je lui demande, ébahie.

—Parce que tes muscles sont tendus comme si tu voulais bouger mais que tu te retenais.

Je prends une grande inspiration.

—J'ai envie…

Je me mords la lèvre. Pierre se redresse pour me regarder.

—De quoi as-tu envie, Suzanne ?

Je me jette à l'eau.

—D'ouvrir ta chemise pour poser ma joue sur ton cœur.

Pierre

Je sais qu'elle ne me parle pas de sexe, même si le mien commence à se faire remarquer. À me frotter à la douceur de ses jambes et à respirer dans ses cheveux, c'est inévitable. Mais je sais que ce qu'elle veut, c'est juste me toucher. Sentir ma peau. Je me rallonge, un bras autour de ses hanches.

—Alors vas-y.

Je connais le visage que Suzanne présente à tous. Calme, plein de maîtrise et de force. Mais celui qu'elle m'offre ce soir, ce mélange de timidité et d'envie, il n'est que pour moi. Et je tiens farouchement à cette exclusivité.

Elle se recouche et pose la tête sur mon épaule. D'une main, elle défait lentement les boutons de ma chemise, un par un, avant d'écarter les pans de tissu. Puis elle vient poser son visage sur mon cœur. La main qui me déshabillait s'abandonne sur ma poitrine, et elle se relâche complètement. Toute ombre a disparu de mon esprit, et je voudrais continuer cette exploration mutuelle emplie de tendresse et de sensualité, mais l'image qui me traverse l'esprit est celle d'un animal niché contre un autre. Comme si elle avait besoin de ce contact. De sentir ma peau, mon odeur, ma chaleur et les battements de mon cœur pour s'endormir. Sa respiration devient plus profonde. J'entrelace nos jambes étroitement, retisse le voile de mes caresses dans son dos. Le chat vient se coller contre mon mollet, me rassurant sur une éventuelle hostilité de son côté.

Le souvenir de la colère d'Anaïs tente de gâcher mon plaisir, mais je le repousse fermement. Cette nuit, je veille sur le sommeil de Suzanne. Pas par la pensée cette fois, mais pour de vrai, alors qu'elle est là, tout contre moi. Et c'est tout ce que je veux. Le reste attendra demain.

*

— Thé ou café ?

Debout dans la cuisine, Suzanne a un sourire lumineux, ce matin. Son visage tendu et inquiet de la veille a disparu. Elle est sereine et elle rayonne.

— Café.

— Sucre ? Lait ?

— Que du sucre.

— Tartines ?

— Je veux bien. (Je lève une main avant qu'elle reprenne ses questions.) Juste un peu de beurre.

Elle hoche la tête, toute contente, comme si je lui avais annoncé une bonne nouvelle, et s'affaire pour tout préparer. Je reste assis à la regarder. J'ai remis mon pantalon, ma chemise est toujours ouverte. Je la vois jeter des coups d'œil en biais. Avec la mine d'une gamine devant un magasin de bonbons. C'est pour ça que je ne l'ai pas fermée. Me voilà parfaitement rassuré quant à ce qu'elle pense de mon corps sous les habits bien coupés. Ce qui ne l'a pas empêchée d'enfiler un pantalon de jogging et des chaussettes. Et on parle d'égalité des sexes ?

—Tu veux écouter la radio ou tu préfères le journal ?

—Suzanne, c'est quoi cette avalanche de questions ?

Elle plisse le nez et se gratte le menton.

—C'est que... Je ne sais rien ! Tes habitudes, tes manies, ce que tu aimes, ce qui t'agace...

—Rassure-moi, tu n'as pas l'intention de résoudre tous ces mystères dès ce matin ?

Elle soupire comme si elle l'avait sérieusement envisagé et devait y renoncer. Il faut que je garde à l'esprit que cette femme qui me fait fondre est la mère de Lexie, qui invente des plans tordus dans lesquels elle parvient même à entraîner un flic ; de Méline, un rhinocéros qui fonce et réfléchit après (et encore pas toujours) ; et de Romane, qui assaisonne le café avec du sel et discute avec des pierres. Je ne connais pas encore tout à fait leurs limites, mais elles sont clairement différentes des normes classiques.

—Suzanne, nous avons le temps de découvrir tous ces petits détails.

—Mais ce sont ces détails qui tissent des liens. Qui font que l'on entre dans l'intimité de l'autre.

—C'est pour ça qu'on parle de « faire connaissance ». L'intimité, ça se construit petit à petit. Au fur et à mesure que l'on glane des petites graines. Tu veux un exemple ?

Elle approuve et prend une nouvelle gorgée de café. Noir et sans sucre.

—Après cette nuit que nous avons partagée, je sais maintenant que tu ronfles.

Elle ouvre grand la bouche et met sa main devant.

—Non !

—Oh que si !
—Quelle horreur !
—Moi j'ai trouvé ça mignon. Tu veux un autre exemple ?

—Je n'en suis plus si sûre.
—Tes jambes sont merveilleusement douces. À mon tour d'avoir une question. Est-ce que tu es du genre à prêter ta brosse à dents ? Parce que j'ai très envie de t'embrasser.

Suzanne n'est pas prêteuse pour sa brosse à dents, mais elle m'en a sorti une toute neuve et je l'ai embrassée. Ensuite elle a lu le journal, allongée sur le canapé, la tête sur mon ventre, en me prêtant les pages sport.

Et après je l'ai encore embrassée et elle m'a laissé partir. Parce qu'elle sait que j'ai besoin de mettre la main sur ma fille et de lui parler. Pour savoir si sa colère est suffisamment retombée pour qu'un dialogue soit possible. Et parce que demain, c'est mardi. Je n'ai aucune envie qu'Anaïs débarque au travail toutes griffes dehors et s'en prenne à Suzanne.

Quatre heures plus tard, après trois messages sur le répondeur de ma chère et tendre fille et deux heures à arpenter la ville pour explorer ses coins habituels, mon cinquième SMS est légèrement agacé.

« *Maintenant ça suffit Anaïs. Tu as disparu depuis hier soir et refuses de ma parler. Soit. Mais dis-moi au moins que tu es en bonne santé avant que je prévienne la police. Immédiatement.* »

La réponse fuse vingt secondes plus tard.

« *Je suis en bonne santé. Laisse-moi tranquille.* »

Seigneur, quel fichu caractère elle a ! Vingt-quatre heures sans décolérer, son taux de cortisol doit crever le plafond. Cela me rappelle de mauvais souvenirs de la vie commune avec sa mère. Agathe était capable de se transformer en furie et de remâcher sa rage pendant des jours entiers avant que le moindre dialogue redevienne possible. Ça m'exaspérait, et ça m'épuisait.

Rassuré sur son intégrité physique, j'essaie de me détendre et de chasser le goût de gâchis que ce genre de scène me laisse toujours. Si j'avais su, je serais resté avec Suzanne, pour profiter ensemble de notre journée de congé. Dire qu'il va falloir attendre une semaine pour se revoir !

La nuit est tombée et je reste affalé sur le canapé à regarder une nouvelle chute de neige. Jusqu'au moment où je me dis qu'il est temps d'en finir avec ce lundi pourri.

J'envoie un message à Suzanne pour lui dire que j'ai fait chou blanc, et elle s'inquiète de la réaction d'Anaïs au travail, ou pire qu'elle lui fasse faux bond. Je refuse d'imaginer que ma fille pousse le bouchon aussi loin. Je m'inquiète plutôt de son comportement envers Suzanne.

« *Veux-tu que je vienne à l'ouverture demain pour lui parler ?* »

« *Non, ça devrait aller. Si elle vient, je peux gérer. C'est son absence qui m'inquiète.* »

Elle promet de me tenir au courant et je regrette de ne pas l'avoir rejointe. Trop tard maintenant. Je regarde les infos avec un verre de gin à la main, puis enchaîne sur un film en grignotant un reste réchauffé. Quelle connerie !

Suzanne

Frustrée du départ de Pierre, je reste à flemmarder sur le canapé. Je crois même que je somnole par à-coups. Vu le rythme soutenu de cette période de fin d'année, j'arrive à me convaincre sans trop de mal que je mérite une journée à traîner en jogging sans rien faire. Je me plonge donc dans un bon bouquin, un mug de thé bien chaud à portée de main et Chaipa lové sur mes genoux. Une variante du paradis.

Vers l'heure du goûter, une douce vague de nostalgie m'arrache à mon plaid. Je gagne la cuisine et me mets à l'ouvrage en chantonnant. J'ai envie de parfums de cuisson, de délicatesses sucrées et d'arômes gourmands. Je me lance dans la fabrication de sablés de Noël dans des proportions démesurées, avec l'idée d'en apporter une boîte à chacune de mes filles dès le lendemain. Ces petits sablés font partie de nos traditions familiales des fêtes, et je revois leurs frimousses penchées avec concentration sur le pan de travail, lorsqu'elles se juchaient sur des chaises pour m'aider.

La sonnerie du four et la sonnette de la porte se font écho. Je sors la plaque et file vers l'entrée, me demandant qui vient me rendre visite. Les filles ne sonnent pas, elles ont leurs clés. Une surprise de Pierre ? Un nœud se forme dans mon ventre quand je réalise qu'il peut très bien s'agir d'Anaïs en colère. Mais c'est finalement Erik que je trouve sur mon paillasson.

—Bonjour, Erik. Ça va ?

—Oui. Je peux entrer ?

Je m'écarte pour le laisser passer et m'inquiète aussitôt.

—Romane va bien ?

Il sourit.

—Bien sûr. Suzanne, tu es une vraie mère poule ! Dis donc, ça sent vachement bon...

On dit les femmes gourmandes, mais les hommes ont cette espèce de radar qui les fait se trouver au bon moment, au bon endroit. Comme les sablés sont faits pour être partagés, je suis ravie de son arrivée et lui tends vite une assiette bien garnie. Il s'assoit, en croque un, gémit de plaisir et va se servir un verre de lait. J'ai l'impression de rajeunir de vingt ans et de faire goûter mon fils, ce qui est amusant.

—Les filles sont parties en virée shopping de Noël, avoue Erik comme s'il m'annonçait qu'elles avaient encore inventé une bêtise. C'est au-dessus de mes forces, Suzanne, de faire les courses avec les trois en même temps.

J'éclate de rire à son air farouche et me réjouis qu'il ait cherché refuge chez moi.

—Et quelle excuse as-tu trouvée pour échapper à ça ?

—Aucune. J'ai dit la vérité et je suis parti en courant.

—Excellente attitude. De toute façon, nous sommes tous convenus de n'acheter que des cadeaux symboliques. Nous sommes nombreux cette année, inutile de nous ruiner. (Je remarque sa grimace.) Sauf bien sûr pour ta chérie, tu peux lui offrir ce que tu veux.

– Je n'ai pas encore d'idée. Je suivrai mon inspiration. Et toi, comment vas-tu ? Je pensais presque trouver Pierre ici, ajoute-t-il avec un clin d'œil.

C'est mon tour de grimacer.

– C'est ce qui était prévu. Mais Anaïs a découvert notre relation et l'a très mal pris. Il est parti tout à l'heure pour essayer de la retrouver et de la calmer.

Il se gratte la tête, l'air sincèrement ennuyé. Et ce qui n'était qu'une vague inquiétude pour moi se cristallise.

– Aïe.

– Quoi, « aïe » ?

– Anaïs peut être une vraie bourrique. Elle a un bon fond, je l'aime beaucoup. Mais quand elle prend la mouche…

– Apparemment, sa mère rentre en France, et Anaïs espérait que son père et elle se donneraient une nouvelle chance.

– Jamais de la vie, s'exclame aussitôt Erik. (Ce qui me rassure tout de même, je dois l'avouer.) Mais ça ne va pas être facile de lui faire renoncer à ce qu'elle imaginait. Croisons les doigts pour qu'elle ne réagisse pas au quart de tour.

– C'est-à-dire ? j'insiste, vraiment anxieuse cette fois.

– Qu'elle te plante au travail, par exemple, assène-t-il sans détour.

Mal à l'aise, je repose le biscuit que je viens de prendre. Si la colère d'Anaïs est telle qu'elle laisse tomber la boutique qu'elle adore, et où travaille Quentin qu'elle aime, je vais me retrouver dans une merde pas possible. À cette période de l'année, ce serait juste une catastrophe.

– Elle ne fera pas un truc pareil. Elle sait parfaitement quelles seraient les conséquences pour nous. Même en colère, elle ne nous trahirait pas comme ça. Elle sera là, en colère, mais elle sera là. Et comme ça nous pourrons parler.

—Je le souhaite, Suzanne. Mais prépare-toi pour le cas où.

Que je me prépare ? Il est drôle, lui, comment je peux me préparer à ça ? Nous sommes lundi après-midi, et la nuit commence déjà à tomber.

—Je préviens Romane dès ce soir. Tu nous appelles si tu as besoin d'aide, on fera de notre mieux. (Il sourit en me prenant la main et essaie d'alléger un peu l'atmosphère.) Ah, c'est pas facile hein, de tomber amoureux ? Ça me rappelle des souvenirs…

—Crois-moi, Erik, c'est encore plus difficile à notre âge ! Parce que nous avons tout un premier pan de vie derrière nous. Avec des enfants, des blessures, des constructions auxquelles on tient. Tomber amoureux, c'est le premier pas. Mais après, l'alchimie, c'est de réussir à mélanger les passés pour fabriquer de l'avenir. Ça demande du temps, et beaucoup d'amour et d'indulgence.

—Tu as parfaitement raison. Mais Pierre et toi avez toutes ces qualités. Tout va s'arranger.

Et pour me prouver sa confiance, il achève de dévorer les biscuits restés devant lui.

Je suis plus dubitative. Et ce ne sont pas les messages de Pierre qui me rassurent…

Pierre

« *Bonjour. Tu as des nouvelles d'Anaïs ?* »

Je repose mon café en fronçant les sourcils à la lecture du message de Suzanne.

« *Bonjour, ma chérie. Non, toujours pas. Pourquoi ?* »

« *Parce qu'elle n'est pas là.* »

Elle n'est pas où ? Puis je percute.

« *Elle n'est pas à la boutique ???* »

« *Non.* »

« *Je te la trouve et je te l'amène.* »

Suzanne ne me répond pas.

« *Suzanne, je suis vraiment désolé.* »

« *Ce n'est pas ta faute. C'est son choix, pas le tien. Je te laisse, nous avons du boulot par-dessus la tête.* »

Je réalise dans quelle panade se retrouve Suzanne et je m'en veux. J'aurais dû régler la situation avec Anaïs hier, ou au moins m'assurer qu'elle serait à son poste ce matin. Et bien sûr, ça arrive quand je suis moi-même dans la dernière ligne droite pour une exposition. Quoique, même disponible, je ne sais pas si j'aurais pu être d'une quelconque utilité à la boutique. Mais au moins j'aurais pu essayer.

En route vers la galerie, je harcèle le téléphone d'Anaïs. Cette petite peste continue à bouder et la moutarde me monte au nez. Qu'est-ce que Suzanne et moi avons fait de si grave pour qu'elle se permette un tel comportement ? Je finis par me résoudre à appeler sa mère.

—Pierre ? Je suis heureuse de ton appel. Comment vas-tu ?

—Bonjour, Agathe. Désolé de te déranger, mais as-tu des nouvelles d'Anaïs ?

—Euh… Oui. Elle est à côté de moi.

Je reste interloqué.

—Elle est partie aux États-Unis sans me prévenir ?

Agathe éclate de rire.

—Mais non, je suis arrivée à Paris ce matin. Elle est venue me chercher à l'aéroport et nous prenons le petit déjeuner sur les Champs-Élysées.

Ben voyons ! Je grince des dents et écrase le volant entre mes doigts pour ne pas crier.

—Passe-la-moi s'il te plaît.

—Bien sûr.

—Anaïs ?

—Oui.

Sa voix est froide, son ton hautain. Et en plus elle me prend de haut.

—Tu déjeunes sur les Champs-Élysées au lieu d'être au travail ?

—Oui.

—Sans complexe ?

—Aucun. Après le coup que vous m'avez fait, j'ai bien le droit de passer une journée avec ma mère pour l'accueillir.

—On ne t'a rien fait, Anaïs. Notre rencontre n'a rien à voir avec toi. Par contre, tu es absente à ton travail, sans prévenir ton employeur et sans raison valable. C'est un motif de licenciement.

Anaïs rigole.

—Suzanne ne me virera jamais, surtout à cette période, elle serait trop dans la merde.

—Elle l'est déjà à cause de toi, dans la merde, comme tu dis si élégamment. Mais à ta place, je me méfierais. Je ne pense pas que Suzanne soit arrivée là où elle est en se laissant marcher sur les pieds par une vendeuse débutante qu'elle a elle-même formée ces derniers mois. Tout ce qu'elle t'a appris, elle sait le faire deux fois mieux que toi.

Le silence qui suit me prouve que j'ai semé le doute dans son esprit. Miracle, elle va peut-être retrouver la raison. Mais c'est mal connaître l'obstination et l'orgueil de ma fille, qui se ressaisit rapidement.

—Je sais ce que je fais.

—Puisque tu le dis. Bonne journée, Anaïs.

Je raccroche et donne un coup de poing dans le tableau de bord. Je préviens Suzanne de ne pas compter sur Anaïs, je peux au moins lui éviter de gaspiller l'énergie de l'attente. Mais quelle idée à la con d'avoir des gamins !

Suzanne

Dans sa précipitation, Quentin fait tomber un carton, et les délicats hauts de soie se répandent sur le sol. Lexie termine un encaissement, les joues rouges, les gestes précipités. Tout le monde est en train de se laisser gagner par la panique, ce qui est le meilleur moyen d'aller droit à la catastrophe. Je profite d'une accalmie pour frapper dans mes mains.

—Stop, ça suffit. Venez me voir, tous les deux.

Ils se figent et arrêtent enfin de courir dans tous les sens. Penauds, ils me rejoignent.

—On va tous se calmer et respirer un grand coup. Vous allez me dresser la liste de ce qu'il y a à faire.

Ils se mettent à parler tous les deux en même temps, déroulant une liste longue comme le bras, et se laissent de nouveau submerger. Je lève les paumes pour les faire taire.

—Stop. Nous n'arriverons à rien comme ça. Quentin, tu t'occupes en priorité des clients. Et quand tu peux, tu fais de la mise en rayon. Si tu n'as pas le temps de tout mettre en place, ce n'est pas grave. Au fur et à mesure, d'accord ? Je serai avec toi en boutique. (Deux clientes entrent et il va les accueillir avant de ramasser sa maladresse.) Lex, tu restes en caisse et tu appelles Romy. Nous avons besoin d'elle.

—Mais maman, si tu es en boutique, tu ne peux pas faire les commandes, ni…

—Chaque chose en son temps, Lex. Appelle Romy, dis-je avant de m'occuper de trois jeunes femmes qui viennent d'entrer.

L'heure suivante passe à toute vitesse. Je déteste les emplacements qui se vident dans les rayons, mais Quentin et moi faisons de notre mieux, et le magasin ne désemplit pas. Quand je vois Romane arriver, je pousse un soupir de soulagement. Je n'en peux plus. Erik apparaît derrière elle et se dirige droit vers moi.

—Comment je peux aider, Suzanne ?

Émue, j'ai besoin d'une seconde pour avaler ma salive.

—Demande à Quentin comment remplir les étagères. Je n'aime pas du tout ces vides. Tu es un amour.

Il me fait un clin d'œil.

—Je sais.

Et il file se mettre au travail sous la houlette de Quentin.

Les mauvais coups du sort s'enchaînent, c'est une loi absolue, aussi je ne suis pas surprise qu'un des rideaux de velours se décroche alors qu'il y a déjà la queue devant les cabines d'essayage. Mais l'heure du déjeuner m'amène un nouveau sauveur. Pierre pose à peine un pied dans la boutique qu'Erik l'alpague et lui montre le problème. Quinze minutes plus tard, le rideau est réparé. Et moi, je suis cachée dans la réserve pour essayer de contrôler mon émotion. J'en ai traversé, des galères, et j'ai toujours été soutenue. Par mes filles, par mes amis. Mais cette mobilisation générale me bouleverse. J'essuie mes larmes et attrape une pile d'écharpes avant de replonger dans la bataille. Pierre me rejoint sur le seuil, inquiet.

—Suzanne, comment tu vas ?

Je passe ma main sur sa joue rasée de près.

—Et en plus, tu es bricoleur.

Il sourit.

—Est-ce que cela peut te faire tomber amoureuse de moi malgré ma Calamity Jane ?

Il est là, pour m'aider, alors que lui-même est débordé de travail. Avec ce regard, et ce sourire.

—Oh que oui.

—Alors tant mieux, Suzanne. Parce que c'est exactement ce qui est en train de m'arriver. Tomber amoureux. (Il dépose un baiser sur mes lèvres.) Je repasse ce soir à la fermeture.

Il s'en va et je reprends le collier. Ils sont tous là, et je les aime profondément.

Au moment de fermer, nous sommes rincés, mais ô combien fiers de nous. Les garçons ont même réussi à remettre les rayonnages d'aplomb pour la réouverture demain matin, alors que je pensais devoir le faire maintenant. Je m'approche de Lex qui fait la caisse.

—Tout va bien, ma chérie ?

Elle hoche la tête au moment où Méline nous rejoint. Mes trois filles s'agglutinent autour du comptoir, avec leur tête qui m'annonce des bêtises. Plus elles ont l'air ravi, plus je me méfie.

—Quoi ? Qu'est-ce que vous mijotez encore ?

Elles gloussent comme des gamines et c'est Romane qui embraie.

—Moi, il me plaît bien.

—Qui ça ?

—Monsieur Roses Rouges, riposte Méline avec emphase.

—J'ai vu Pierre t'embrasser, surenchérit Lex.

—Et bien sûr tu t'es empressée de le répéter aux jumelles ?

—Bah, à quoi ça sert, sinon, d'avoir des sœurs ?

Il y a une telle évidence dans la remarque de Méline que je laisse tomber. À elles trois, elles sont devenues plus fortes que moi.

—Bon, alors, raconte, maman ! Il est comment, Pierre les Roses Rouges ? insiste Romane.

—Il est là, en chair et en os.

Nous nous retournons toutes les quatre. Pierre est juste derrière nous, le visage serein. Mes trois enquêtrices en restent bouche bée.

—Et maintenant, mesdemoiselles, à quelle sauce allez-vous me manger ? reprend-il, mi-figue, mi-raisin.

Mel, bien entendu, est la première à sortir du rang.

—Détends-toi, Pierre, on t'aime déjà !

Et elle lui donne l'accolade. Lexie et Romane approuvent leur porte-parole.

—Bon, filez mes princesses, il est tard. Je m'occupe des commandes.

—Non, maman, laisse, m'interrompt Lex. Je vais le faire. Rentre, tu es fatiguée.

—Toi aussi.

—Oui, mais à mon âge on récupère plus vite, me rétorque-t-elle en me tirant la langue.

—Laisse-les se fatiguer pour toi, tranche Pierre en me prenant par les épaules. Viens, je te ramène.

—J'ai ma voiture à récupérer.

—Je te conduirai demain matin.

—Youhou ! s'écrie Mel. Pas de visite impromptue chez maman cette nuit !

Je prends mes affaires abandonnées derrière la caisse et pousse prestement Pierre vers la sortie avant que mon rhinocéros se mette à lui parler de préservatifs. Sur le pas de la porte, je salue de loin Quentin et Erik, installés dans les fauteuils du coin cabine en train de siroter une bière bien méritée.

Bercée par la conduite souple de Pierre, je sens mes paupières devenir de plus en plus lourdes. En arrivant, il prend ses aises. Ses manches de chemise roulées jusqu'aux coudes, il sifflote dans la cuisine en préparant le repas. Fatiguée comme je suis, j'aurais pu aller dormir directement, mais il n'a rien voulu entendre. Il insiste pour que je reprenne des forces. Cet homme est une perle rare.

—Merci.

Il lève les yeux, étonné.

—De quoi ?

—D'être venu ce midi et d'avoir sauvé mon rideau. De me ramener ici. De me faire à manger.

—J'aime prendre soin de toi.

Il me paraît soudain évident que je ne suis pas *en train* de tomber amoureuse. Je *suis* amoureuse.

—Tu as des nouvelles d'Anaïs ?

Son visage s'assombrit.

—Oui. Elle a passé la journée avec sa mère. (Il repose le poivrier.) Je m'en veux, Suzanne.

—Pourquoi ? Ce n'est pas ta faute.

—Je me sens responsable. (Pour la première fois, je le vois embarrassé.) Je crois qu'elle compte revenir travailler demain.

—Ah. Quelle chance ! j'ironise, avant de le regretter aussitôt devant l'air honteux de Pierre.

—Suzanne, je suis furieux de son comportement. Je sais très bien ce que je ferais à ta place. Ne lui accorde pas de traitement de faveur parce que c'est ma fille.

Je pose ma main sur la sienne.

—Allons, Pierre. Tu sais très bien que je ne peux pas séparer les différentes facettes, d'un côté ta fille, de l'autre la vendeuse.

—Tu pourrais.

—Non, je ne sais pas faire ça.

—Alors promets-moi au moins de lui donner une leçon. Qu'elle réalise ce qu'elle a fait. Je m'occuperai ensuite des raisons de sa colère.

J'accepte du bout des lèvres, loin d'être convaincue de réussir ce qu'il me demande.

Il termine son assiette et débarrasse en m'interdisant de bouger. Puis il se plante devant moi.

—Et maintenant, dis-moi, où veux-tu dormir ?

—J'adorerais faire une nuit feu de cheminée.

Il s'approche jusqu'à se glisser entre mes jambes et enlace mes hanches.

—Une nuit feu de cheminée ? Est-ce le mot de passe pour une nuit câline et sage ?

—Oui, exactement.

—Alors d'accord.

Je passe mes bras autour de son cou et inspire profondément son parfum.

—Pierre ?

—Oui ma chérie ?

—On peut faire la nuit feu de cheminée dans mon lit ?
Sa poitrine vibre d'un rire silencieux.

—Toi aussi tu avais mal partout le lendemain matin ?

—Oui, avoué-je. J'ai passé l'âge de dormir par terre. Il me soulève dans ses bras et se dirige vers l'escalier.

—Tu n'imagines pas à quel point je suis content de ne pas aller au tapis !

Blottie dans ses bras, confortablement lovée sur mon excellent matelas, je ronronne de bonheur. Nos jambes nues s'emmêlent. Il me caresse le dos à travers le tissu de ma nuisette. Ma joue repose sur son cœur. Et je suis bien, mon Dieu que je suis bien. Quand la fatigue de la journée m'emporte, une bulle remonte doucement à la surface de ma conscience. Une bulle toute légère et cotonneuse. Une bulle qui parle d'amour.

Pierre

Suzanne m'a autorisé à m'installer dans son bureau pour assister au retour de l'enfant prodigue. Même si la façon dont Suzanne prend les choses m'aide à me calmer, je reste très énervé. Quand je vois ma pestouille entrer dans la boutique, je suis malmené entre mon ventre qui crie qu'il l'aime, et mon esprit qui rêve de lui botter les fesses. Je m'attends à voir Suzanne lui passer un savon. Et à en juger par l'air bravache d'Anaïs, elle s'y est préparée.

Mais Suzanne marche devant elle un dossier dans les mains, lève à peine les yeux et lâche distraitement :

—Ah, tiens, te voilà Anaïs ? Bonjour.

Et elle reprend son chemin comme si de rien n'était. Je sais que le travail de ma fille à l'ouverture est de mettre en place la caisse. Elle en prend la direction, un peu péteuse, mais tombe sur Lex, qui termine sa tâche.

—Salut, Anaïs. Tout est sous contrôle, t'inquiète, je gère.

Désemparée, Anaïs regarde autour d'elle, se demandant ce qu'elle peut faire. Et moi, je ris sous cape. Le message de Suzanne est en train de la percuter de plein fouet, sans un cri, sans colère, sans un mot de trop. Anaïs voit Quentin sortir de la réserve, les bras lourdement chargés de vêtements. Elle se précipite pour lui tenir la porte, mais Erik surgit dans sa foulée, lui aussi bien encombré. Quentin, son chéri, lui sourit vaguement.

—Salut, ça va ? T'as passé un bon week-end ?

Puis reprend aussitôt une discussion animée avec son acolyte sans attendre sa réponse.

Le cœur serré, je regarde mon enfant prendre une leçon de vie. L'indifférence, une arme redoutable. Le monde du travail est pragmatique. Chacun y a sa place par le rôle qu'il joue. S'il déserte son poste sans raison en mettant les autres en danger, alors l'équipe se serre les coudes pour compenser. Et la place disparaît.

Le manège dure une vingtaine de minutes et je vois ma fille se décomposer au fur et à mesure qu'elle apprend. Elle pensait trouver la boutique aux abois, être accueillie par un mélange de colère et de soulagement. Mais la machine parfaitement huilée par la solidarité a continué de tourner sans elle. Au travail, personne n'est irremplaçable.

Quand elle est sur le point de craquer et de s'enfuir, Suzanne lui tapote l'épaule.

—Viens dans mon bureau.

Tête basse, Anaïs la suit. Je me mets en retrait quand elles entrent. Suzanne pose des papiers sur sa table et lui fait face, les bras croisés.

—Tu aimes travailler ici, Anaïs ?

Elle hoche la tête en silence.

—Alors ne me refais jamais ça. Tu as le droit de venir travailler de mauvaise humeur. En colère, demandant une explication. Fatiguée et distraite. Ou excitée et gaffeuse. Mais tu n'as pas le droit de nous laisser tomber sans prévenir.

—Mais vous êtes sortie avec mon père !

—Oui, et autant te dire que je sors toujours avec lui, et que cela va continuer. Si tu as besoin d'en parler, on en parle. Si tu m'en veux et que tu es en colère, tu as le droit de me le dire. Mais encore faut-il que tu sois présente pour le faire. (Suzanne marque un temps d'arrêt, mais Anaïs ne dit rien, tête baissée.) À mes yeux, tu fais partie de l'équipe, Anaïs. J'ai beaucoup d'affection pour toi. C'est pour ça que je te donne une deuxième chance. Pas parce que tu es la fille de Pierre. C'est bien clair ?

—Oui.

Suzanne tend l'index devant elle.

—Une fois, Anaïs, pas deux. Et maintenant, je pense qu'il est temps que tu aies cette discussion avec ton père. Rejoins-nous quand tu seras prête à travailler.

Suzanne sort alors qu'Anaïs se retourne pour découvrir ma présence. Ma colère douchée par la sagesse de Suzanne, attendri par son air perdu, je hausse les épaules d'impuissance.

—Anaïs, mais qu'est-ce qui t'est passé par la tête ?

—Je sais pas, papa. Sur le moment, j'ai cru que j'avais le droit d'être en colère contre toi, parce que tu ne faisais pas ce que je voulais. Mais maintenant, j'ai l'impression d'avoir fait un caprice.

—C'est un peu ça. Je ne suis pas une boîte de Playmobil et tu ne peux pas disposer de moi, Anaïs.

—Je sais. Maman m'a dit qu'elle aurait bien voulu essayer, mais qu'elle n'y avait jamais vraiment cru.

Elle a l'air d'une petite fille triste à qui on vient d'apprendre que le Père Noël n'existe pas. Je fais deux pas pour la prendre dans mes bras et appuyer mon menton sur le haut de sa tête.

—Même si je n'avais pas rencontré Suzanne, je n'aurais pas voulu essayer, ma puce. Mais tu as de bonnes raisons de te réjouir. Tu vas avoir ta mère et ton père près de toi. Ta mère va rebondir, car crois-moi, elle a du ressort. Et moi je suis heureux, Anaïs.

Elle se mord les lèvres.

—J'aime beaucoup Suzanne.

—Alors il est temps de le lui montrer. Au travail.

—Mais Quentin m'a à peine adressé la parole !

Chassez un chagrin, un autre prend sa place.

—Vous n'en avez pas parlé tous les deux ?

—Non. Il n'était pas là ce week-end, et je ne l'ai pas appelé pour le prévenir non plus.

—Alors tu as de sacrées excuses à lui présenter. Parce que tu l'as laissé tomber comme collègue et comme petit ami.

Avec l'air de marcher vers l'échafaud, elle descend se mettre au travail. Je reste un instant à admirer le ballet bien ordonné de la boutique, Suzanne à la tête du navire qui s'assure que tout fonctionne parfaitement autant qu'elle met la main à la pâte. Et je file lui dire au revoir.

—Merci, Suzanne. Je crois qu'elle a beaucoup appris aujourd'hui. (Elle me sourit sans répondre.) Ce soir j'ai un dîner d'affaires, mais on se voit demain soir ?

—D'accord. Travaille bien.

Un baiser rapide et je la quitte à regret. Vendre des œuvres d'art, c'est passer un temps fou à créer un réseau. Trente ans que j'enrichis sans cesse le mien pour connaître les collectionneurs et les passionnés qui voudront croire dans les jeunes artistes que j'aime tant découvrir. Sadie et Erik ne sont que des exemples, même s'ils sont mes préférés. J'ai aidé des dizaines de talents prometteurs à faire le premier pas. C'est ma fierté. L'œuvre que je laisserai derrière moi, ce qui définit l'homme que je suis. Et cela me rend heureux.

Suzanne

J'ai une impression de déjà-vu. La maison qui respire au diapason de mon attente. Les minutes qui s'étirent et se relâchent comme un élastique.

Les deux jours écoulés, nous avons tourné à plein régime, mais chacun a retrouvé sa place et le retard s'est résorbé. Romy reste en renfort parce que cette année, la boutique explose littéralement. Et Erik a décidé de continuer à jouer les manutentionnaires parce que ça l'amuse. Il dit aussi que lui qui travaille si souvent seul, ça lui fait du bien de prendre un bain d'équipe. Anaïs a retrouvé son poste et le sourire de Quentin.

Je m'arrête dans l'entrée et me regarde dans le miroir. Cette fois, je suis allée directement au plus simple. C'est enfin l'heure de retrouver Pierre.

Il toque à la porte avec sa ponctualité habituelle. J'ouvre pour me retrouver nez à nez avec un énorme bouquet de roses rouges.

–Oh, Pierre !

–Je ne voudrais pas perdre mon surnom. Pierre les Roses Rouges, moi ça me plaît.

–À moi aussi.

Il me suit dans la cuisine alors que je sors un vase. Puis me prend les mains et les écarte pour me regarder de la tête aux pieds.

—Tu es belle, Suzanne.

Rougissante, je ne sais pas quoi répondre.

—Tout va bien, ma chérie ?

—Oui, tout va bien. De ton côté aussi ?

Il hoche la tête en souriant.

—Oui, tout va parfaitement bien. (Il penche la tête sur le côté, ses pouces caressent mes poignets.) Suzanne ?

—Oui ?

—Coupe le feu sous la casserole.

Je jette un œil vers la gazinière. Il manque une dizaine de minutes de cuisson.

—Pourquoi ?

—Parce que sinon le dîner va brûler.

D'un geste vif, il éteint le brûleur et prend mon visage entre ses mains.

—Je ne veux plus attendre. C'est toi que je veux goûter, Suzanne.

Et là, Pierre a beau m'offrir un baiser à tomber par terre, je me bloque complètement.

—Suzanne ?

Je garde la tête baissée pour éviter son regard. Ce foutu regard qui nous suit partout. Dans la rue, en public, et jusque dans le miroir. Ce regard implacable à qui rien n'échappe. Ni ce qui a disparu, ni ce qui s'est rajouté au fil des ans. Ni ce qui manque, ni ce qui est désormais de trop.

—Suzanne ? insiste-t-il. Qu'est-ce qui ne va pas ? On peut prendre notre temps. Plus tard ce soir, ou un autre jour. J'avais seulement cru que tu en avais envie.

—J'en ai envie.

—Alors quel est le problème ?

—C'est que... C'est que je l'avais imaginé autrement. La nuit, ou avec des lumières tamisées. Pas comme ça, avec toutes ces lampes...

Pierre se recule un peu et me regarde avec attention. L'une de ses mains tient toujours la mienne, tandis que de l'autre il joue avec le lobe de son oreille. Signe de réflexion intense chez lui, je le sais maintenant. Sauf que je ne suis pas sûre d'avoir envie qu'il trouve la réponse.

Son expression change, et j'ai la certitude que non seulement il a parfaitement cerné mon problème, mais qu'en plus il a déjà commencé à chercher une solution.

—Tu m'offres un apéritif ?

—Euh... oui. Du vin ?

—Rouge, tu as ?

Reconnaissante d'avoir quelque chose à faire, je sors une bouteille. Il l'ouvre et emporte nos verres devant la cheminée. Je le suis en refermant soigneusement les pans de mon gilet devant moi, inquiète de découvrir ce qu'il a en tête. Il me taquine gentiment.

—Pas de panique, Suzanne. Regarde, tapis, feu de cheminée, tu es en territoire connu.

—Si tu te moques de moi, je te mets dehors, je rétorque en le rejoignant sur le tapis.

Il éclate de rire.

—Non, tu ne le feras pas.

—Ah bon, et pourquoi ?

Il tend le bras et prend un de mes pieds dans ses mains. Sans me quitter des yeux, il enlève mon escarpin et commence à masser la voûte plantaire avec de grands cercles du pouce.

Je me retiens pour ne pas râler de bonheur, mais il est parfaitement conscient de ce qu'il me fait.

—Tu vois que tu ne veux pas me mettre dehors…

J'attrape un coussin et lui jette à la figure. Il éclate de rire, encore. Son rire si gai et communicatif. Puis il saisit le coussin et le pose derrière moi.

—Allonge-toi, Suzanne.

La gorge serrée, je m'allonge. Il vient se coller contre moi et joue avec une mèche de cheveux qu'il enroule. Puis il descend le long de mon bras, porte ma main à ses lèvres et embrasse chacun de mes doigts, ma paume, mon poignet.

—J'aime tes mains, Suzanne. Elles sont douces et très féminines. Et quand tu les poses sur ma joue, j'ai envie de fermer les yeux pour prolonger ta caresse.

Il penche la tête pour faire le geste qu'il décrit, et mes doigts se referment instinctivement autour de la courbe de sa mâchoire. Il se penche et effleure le lobe de mon oreille du bout de la langue. Un violent frisson me secoue et il s'attarde dans le creux de mon cou alors que je m'accroche à ses épaules. Il se redresse et plonge ses yeux dans les miens, me fait asseoir avec lui.

—Il fait chaud près du feu, hein ? me demande-t-il avec un sourire tendre.

Il fait descendre mon gilet et j'entends les battements de mon cœur résonner dans ma poitrine. Essoufflée, les lèvres entrouvertes, je le laisse me faire redécouvrir le désir.

—Suzanne, tu ne vois pas ? Ce que nous ressentons quand nous sommes ensemble, ça va tellement plus loin, c'est tellement plus fort qu'une apparence. Et moi, je l'aime, cette enveloppe qui te contient. (Il promène le bout de son index en me parlant.) Ces petites lignes au coin de tes yeux, ce sont tous les rires que tu as partagés. J'espère en inscrire beaucoup d'autres. Ces marques sur ton front, ce sont toutes les épreuves que tu as eu la force de surmonter. J'ose croire que je pourrai rendre celles à venir plus légères. (Son doigt descend le long des boutons de ma tunique jusqu'à mon ventre, où le feu s'allume lentement mais sûrement.) Là, trois enfants que tu as fabriqués, aux- quels tu as donné la vie. Suzanne, ton corps est un livre, il raconte ton histoire. Et c'est cette histoire qui a façonné la femme que tu es aujourd'hui. Et dont je tombe amoureux.

Des lambeaux de doute résistent encore.

—Oui, mais cette histoire a laissé des traces, et elles ne me plaisent pas toutes.

—Comme les événements de ta vie. J'imagine que tu te serais bien passée de certains.

Il promène ses doigts sur mon corps, je sens leur chaleur à travers mes vêtements.

—Au début, notre corps est comme une toile vierge. Blanche, lumineuse, pure. Parfaite. Puis nous vivons. Toute une palette de couleurs se répand sur la toile. Avec des éclats de lumière et des zones d'ombre. Un clair-obscur qui raconte notre vie. C'est quand même plus intéressant qu'une toile vierge, non ? Suzanne, tant que ta peau ressent mes caresses et y trouve du plaisir, ton corps est parfait. Et si je n'arrive pas à te faire ressentir ça quand je te touche, c'est que je suis un empoté.

—Non. Tu es un poète. Et un peintre.

Il n'y a plus aucune place pour le doute. C'est moi qui tends la main pour ouvrir sa chemise et poser mes lèvres sur sa poitrine. Sa peau veloutée me fait fondre, j'ai des fourmis dans les doigts de le toucher.

Nos vêtements tombent un à un, sans hâte, dans le crépitement du feu de cheminée. Mes seins vibrent dans sa bouche. Mon ventre palpite sous son souffle. Je ressens toute la densité de son corps que je serre entre mes cuisses, tout le poids de nos émotions quand il me pénètre et s'imbrique au plus profond de moi. Ses gémissements me font chavirer, ses baisers qui s'affolent m'entraînent dans leur rythme.

Pierre, je ne croyais pas que je pourrais encore vivre ça. Que mes ongles s'enfonceraient dans tes épaules à chaque vague de désir. Que mon ventre viendrait à la rencontre du tien pour mieux te sentir. Que ton nom remonterait dans ma gorge dans un cri de plaisir accordé au grondement qui te secoue. Que ma tête se viderait comme aspirée par un trou noir empli d'arcs- en-ciel.

Ma joue sur son ventre, la main autour de sa taille, je chuchote :

—Tu as raison. Les tableaux sont beaucoup mieux que les toiles vierges.

Ses doigts qui dessinent des arabesques sur ma peau suspendent leur mouvement.

—Qu'est-ce qui t'a fait changer d'avis ?

—Ton ventre.

—Mon ventre ?

—Oui. Les tablettes de chocolat sont trop dures. Ça écrase l'oreille. Alors que là, c'est tout doux comme un oreiller de plumes. Je vais m'endormir comme ça.

—Suzanne ?

—Mmh...

—Je t'aime.

Je jure que je serais capable de ronronner. Pour de vrai. Il reprend :

—Je t'aime, mais je te jure que si tu sous-entends encore que j'ai du ventre, je nous impose trois séances d'abdos par semaine.

Je fais la grimace.

—Hors de question. Nos ventres sont parfaits. (Je marque un arrêt alors que mon ongle joue avec son nombril.) En fait c'est nous deux ensemble qui sommes parfaits.

Il me ramène dans le creux de ses bras et me serre fort. Et c'est tellement bon.

Alors je veux bien lui dire tous les jours que lui et moi, c'est parfait. Au petit déjeuner, en se brossant les dents, en étendant une lessive ou au milieu de la nuit. Mais hors de question de lui dire pourquoi j'ai piqué un fou rire quand il a sorti un préservatif.

Pierre

Théodore est au garde-à-vous, la tête rentrée dans les épaules, attendant que j'explose. Suzanne ne sait pas encore que quand je suis en colère, je gueule un bon coup. Ça ne dure pas longtemps, mais c'est assez bruyant, comme un orage d'été. Quoique, peut-être ne le saura-t-elle jamais ? Je me sens magnanime, Théo comme moi avons du mal à croire à mon self- control.

–Dépêche-toi de réparer ta connerie, je conclus sobrement.

Il s'est trompé dans le nombre de convives annoncés au traiteur pour le vernissage. De trente personnes. Et il s'en rend compte deux heures avant l'ouverture des portes. Je continue ma ronde de vérifications, chaque détail l'un après l'autre, encore et encore. L'expérience m'a appris que l'on a tendance à voir ce que l'on s'attend à voir, et donc à laisser passer des erreurs. Tout finit par être au point, Théo a même réussi à convaincre le traiteur de faire des miracles alors qu'il était déjà en train de charger son camion. Là, son équipe prend possession des lieux et dresse les buffets.

Il me reste maintenant le plus dur à faire. Rassurer l'artiste à une heure de l'ouverture de sa toute première exposition. Li Tao est une jeune femme timide et horriblement angoissée. C'est Théo qui l'a repérée sur YouTube, et j'ai eu un coup de cœur pour son travail. Des sculptures à la blancheur translucide et aux formes imbriquées, comme si ses personnages avaient besoin de se cacher les uns dans les autres. Théo l'a surnommée Camille Claudel, et elle est probablement aussi torturée. Le temps dira si elle a aussi son talent, mais ses débuts sont très prometteurs. Elle s'incline devant moi en bafouillant.

—Monsieur Pierre, je ne sais pas comment vous remercier de cet honneur. De cette chance que vous me donnez.

—Li ? (Elle relève à peine la tête.) Je suis fier de montrer tes œuvres ce soir. Et si tu tiens absolument à me remercier, continue à sculpter. (Elle agite frénétiquement la tête pour approuver.) Mais Li, je t'en prie, n'oublie pas de prendre soin de toi.

Elle se recroqueville un peu mais un sourire très doux se dessine sur ses lèvres. Je croise le regard interrogateur de Théo et lève le pouce pour lui donner le feu vert. La semi-pénombre fait place aux éclairages soigneusement agencés pour mettre en valeur les sculptures et mon assistant déverrouille la porte.

Ce qui suit, c'est un lent ballet savamment orchestré que j'ai maintes fois créé. Le juste équilibre entre mondanité et passion, la première étant la condition *sine qua non* pour que la seconde prenne son essor dans le monde à part du marché de l'art. Une fois assuré que les deux s'harmonisent et que les visiteurs ont le coup de foudre, je me mets en pilote automatique. Difficile de rester concentré quand j'ai encore le parfum de Suzanne en tête et la chaleur de sa peau accrochée au bout des doigts. Je la guette. Elle viendra dès la fermeture de la boutique.

—Salut, papa.

—Bonsoir, Pierre.

Je me tourne vers Anaïs et sa mère et les embrasse toutes les deux.

—Vous voilà mesdames. Alors, vous aimez ?

Elles disent oui mais la suite m'échappe. Si Anaïs est là, c'est que Suzanne ne va plus tarder.

—Ça ne te dérange pas que je sois venue ?

Je reporte mon attention sur Agathe. Anaïs est partie faire le tour de l'exposition avec Quentin accroché au bras. Je repère Romane et Lexie dans un coin. Erik prend des photos depuis la mezzanine. Ils sont tous là, sauf elle.

—Euh... non. Bien sûr que non, Agathe. Ça me fait plaisir de te voir. Tu as l'air en forme malgré ce que tu traverses en ce moment.

—Oh, ce n'est pas aussi dramatique que ce qu'Anaïs a pu te raconter. Je retombe sur mes pieds sans trop de casse.

—Comme tu l'as toujours fait.

—C'est vrai, reconnaît-elle de bonne grâce.

Suzanne franchit le seuil à ce moment. Elle porte cette jupe en laine que j'aime tant, et je sais que dans ses escarpins, ses ongles vernis de rouge attendent mes caresses.

—Donc, c'est elle ?

Je réponds d'un hochement de tête alors que Suzanne m'a repéré et se fraie un chemin jusqu'à moi.

—C'est une belle femme.

—Elle est beaucoup plus que ça. (J'accueille celle que j'aime en déposant un baiser sur ses lèvres.) Ma chérie, voici

Agathe, la mère d'Anaïs. Agathe, je te présente Suzanne, ma compagne.

Elles se serrent la main aimablement. Je suis soulagé d'échapper à une guerre froide entre les deux femmes, mais j'imagine qu'il y a prescription.

—Bonsoir, Agathe. J'aime beaucoup votre fille et je suis très heureuse qu'elle fasse partie de notre équipe.

—Je sais que le plaisir est partagé, Suzanne. Merci de lui offrir un si beau début professionnel.

Je leur laisse cinq minutes de plus pour échanger des salamalecs puis j'entraîne Suzanne vers les œuvres.

Elle veut savoir comment je me rase et ce que je mange au petit déjeuner. Pour moi, notre « faire connaissance » passe par la découverte de ses goûts artistiques. Ce qui la fait vibrer et ce qui l'ennuie. Son enthousiasme me comble. Et quand elle tombe en arrêt devant la plus petite sculpture, un trésor cristallin taillé dans une pierre polie jusqu'à l'âme, je sais avec une certitude absolue que cette femme est celle qui me rendra heureux comme jamais je ne l'ai été.

Elle se penche pour dévorer des yeux la petite silhouette de femme enlaçant son enfant. Puis ses yeux se posent sur le cartel et sa bouche s'arrondit de déception en voyant la mention « Réservé ». Je hausse les épaules d'impuissance.

—Elle a été vendue en premier.

À plusieurs reprises alors qu'elle refait un tour, boit une coupe de champagne ou discute, je la surprends en train de jeter à son coup de cœur un regard lourd de regrets.

À l'heure où la soirée touche à sa fin, je la vois également cacher des bâillements de plus en plus fréquents, et passer d'une jambe sur l'autre en faisant tourner ses chevilles pour les soulager. Elle est ivre de fatigue. Je vais récupérer son manteau au vestiaire et viens l'envelopper dedans.

—Rentre, ma chérie. Tu n'en peux plus et tu as encore deux grosses journées avant notre lundi de repos.

—Je vais t'attendre.

—Non. Je t'ai appelé un taxi. Mais ne verrouille pas ta porte, je te rejoins dès que j'ai fini. Dans une heure, grand max.

Elle acquiesce et je ne retourne à l'intérieur que lorsqu'elle est au chaud dans son taxi.

Je ferme la galerie une bonne heure plus tard. Faire partir les retardataires a été plus long que prévu et il m'a fallu réconforter Li complètement chamboulée par le succès de cette première exposition. Dès le premier soir, la moitié de ses œuvres est vendue. Elle pleurait tout ce qu'elle voulait.

Épuisé, je n'ai plus qu'une hâte. Me glisser dans les draps contre le corps tout chaud de sommeil de Suzanne et m'endormir le nez dans son cou.

J'ai mes clés de voiture dans les mains quand ils me tombent dessus. Ils sont deux, puent l'alcool et sont très énervés. Pris par surprise, j'encaisse quelques vilains coups avant de réagir. De vieux réflexes de boxe remontent à la surface. Mais la minute d'après, j'ai juste le temps de voir l'éclat sombre d'un couteau avant qu'un mauvais coup de poing ne me cueille à la tempe et que je ne sombre dans le noir.

Suzanne

Je me réveille frigorifiée avec un goût de bile dans la bouche. Complètement désorientée, je m'assieds dans le lit. Je suis seule. Je regarde les chiffres lumineux du réveil. 1 heure 30. Pierre devrait être là depuis plus d'une heure. Je consulte mon téléphone mais je n'ai aucun message. Ça ne lui ressemble pas.

Frissonnante, je descends pour chercher une trace de lui. Peut-être s'est-il assis sur le canapé pour souffler et a-t-il été cueilli par la fatigue ? Mais le salon est noir et désert, et la porte d'entrée toujours déverrouillée.

Désemparée, je tourne un peu en rond et me drape dans le plaid. J'essaie de le joindre sur son portable et tombe sur la messagerie. Je tente la galerie mais le répondeur se met en marche. L'image de la sonnerie résonnant lugubrement dans une grande pièce vide me colle un frisson d'appréhension. J'enfonce mes doigts dans la fourrure de Chaipa qui s'est déjà installé sur mes pieds.

—Je dois faire quoi, à ton avis ? Juste attendre ? (Il ronronne mais ne daigne pas ouvrir les yeux ni même bouger la tête.) Pfff... Tu parles, avec un nom pareil, ce n'est pas toi qui vas m'aider !

La nuit est particulièrement froide. A-t-il glissé sur une paque de verglas et eu un accident ? Faut-il que j'appelle les hôpitaux, la police ? Ou bien... Je me mords la lèvre. Agathe était encore là quand il m'a appelé un taxi. C'est une femme pleine de charme. Et malgré son accueil sympathique, j'ai bien vu que les regards qu'elle posait sur Pierre contenaient du regret. Sont-ils ensemble, en train de prendre un verre... ou plus ?

Sous la piqûre douloureuse de la jalousie, un sentiment d'urgence étrange m'étreint. Comme si c'était à cet instant précis que je devais faire un choix décisif. Vais-je continuer à me complaire dans mes doutes destructeurs, rester enfermée dans mon manque de confiance en moi et le souvenir des déceptions qui ont jalonné ces dernières années ? Ou vais-je faire confiance à Pierre et aux sentiments qu'il me porte, aux mots qu'il a prononcés, à ses caresses et aux mille attentions qu'il a eues pour moi ?

Il m'a présentée en disant « ma compagne » et si je choisis de lui faire confiance, alors l'absence de mon compagnon est inquiétante. Avant même d'avoir pris une décision consciente, je suis en train de courir dans l'escalier. Je redescends deux minutes plus tard en jean et gros pull, attrape mes clés de voiture et sors en claquant la porte.

Je glisse dans l'allée. Comme je le craignais, le gel a transformé le sol en une redoutable patinoire. Je dois me forcer à conduire avec prudence pour éviter de finir dans le décor et me gare à la hâte sur une place de livraison.

La galerie est fermée, tout est éteint et silencieux. Je quitte quand même la voiture, indécise. Où aller ? Où le chercher ? S'il était rentré chez lui, il m'aurait prévenue.

Je remarque soudain que la voiture garée juste devant la mienne est celle de Pierre. J'ai peur maintenant, vraiment peur. Je traverse la rue en criant son nom.

—Pierre ! Pierre ! Je t'en prie, où es-tu ?

En dépit de toute logique, je me précipite vers la porte de la galerie pour tambouriner sur le panneau de verre et trébuche sur un obstacle. J'atterris durement sur les genoux et m'écorche les mains. La douleur décuplée par le froid et la surprise me font monter les larmes aux yeux. Je me retourne pour voir sur quoi je suis tombée. Et la terreur me paralyse. Je me suis pris les pieds dans les chaussures de Pierre. Assis ou plutôt affalé contre le mur, la tête penchée cachée dans l'ombre, les jambes allongées devant lui, il est parfaitement immobile. Je le rejoins à quatre pattes, tremblant et pleurant.

—Oh mon Dieu, non, pitié ! Je vous en prie, pas encore, pas lui ! Pierre ! Pierre ! Réponds-moi, s'il te plaît.

Sa peau est glacée et il ne réagit pas à mes appels. Je lève son visage vers la lueur du réverbère. Il est si pâle ! Et ces coups qui marbrent sa peau. Du sang séché macule ses beaux traits. Je tâtonne dans la pénombre, relève une main et me déplace d'un pas pour mieux voir. Mes doigts sont rouges de sang. Je crois que je pousse un hurlement, en même temps que je prends mon téléphone pour appeler les secours. Je ne sais pas ce que je leur raconte, j'ai l'impression de ne pas comprendre leurs questions, qu'ils me parlent une langue étrangère. Inutile et terrorisée, je caresse ses cheveux, passe mes paumes sur ses joues comme il l'aime tant, bafouille des mots sans suite pour meubler l'attente.

Les pompiers arrivent et l'examinent rapidement avant de le déposer sur un brancard. Ils m'emmènent avec lui dans l'ambulance. De toute façon, je ne leur laisse pas le choix puisque je refuse de lâcher sa main. Je suis incapable de répondre à leur interrogatoire.

Son groupe sanguin, sa date de naissance, son numéro de sécurité sociale... tout ça, je l'ignore. Moi, ce que je sais de cet homme, c'est qu'il est merveilleux et boit son café avec un sucre. Mais son humour et sa tendresse n'intéressent pas l'administration. J'ai envie de hurler pour couvrir le bruit des sirènes. Le secouriste me serre la main que je mordais.

—Calmez-vous. On va attendre de voir ce que dit le chirurgien, et les examens, mais vous avez fait ce qu'il fallait et il est entre de bonnes mains. Il n'aurait pas passé la nuit. Sans vous, il mourait de froid.

—Est-ce que ça va suffire ?

—Je ne sais pas. Mais vous lui avez donné une chance.

Les roues du brancard glissent sans bruit dans les couloirs des urgences, à peine un chuintement. J'entends des mots comme hypothermie. Traumatisme crânien. Blessure abdominale à l'arme blanche. Perte de sang importante. Des mots qui font peur, des mots qui ne vont pas avec son beau visage penché sur le mien dans la lueur du feu de cheminée.

Une infirmière me conduit dans une salle d'attente, et je reste un moment les bras ballants, à regarder les traces du sang de Pierre mélangées aux écorchures sur mes paumes. Comme les pactes que signent les enfants. Croix de bois, croix de fer, toi et moi c'est pour la vie.

Puis je prends mon téléphone et revêts l'habit du messager de malheur. Je dois les prévenir. Anaïs, heureusement auprès de Quentin, qui s'occupe d'appeler sa mère. Mes filles qui viennent se blottir contre moi. Sauf que cette fois, ce n'est pas pour que je les console, mais pour que je parvienne à tenir sur mes jambes.

Je ne peux rien expliquer. Juste qu'il s'est fait agresser et qu'ils l'ont monté au bloc. Nos attentes angoissées s'enchaînent aux chaises fatiguées. Après avoir débloqué le distributeur à coups de pied, Erik nous abreuve de cafés insipides mais qui ont le mérite d'être chauds.

—Vous êtes la famille de Pierre Caveglia ?

Nous sommes tous debout en même temps face au chirurgien dans sa casaque verte, et il hésite un instant pour savoir à qui s'adresser. Agathe nous désigne du doigt.

—Voici sa fille et sa compagne. Dites-nous.

Je penserai plus tard à remercier Agathe pour l'élégance de son geste, là je suis suspendue aux lèvres de cet homme.

—Il a perdu beaucoup de sang, il a fallu le transfuser. J'ai recousu la blessure abdominale, aucun organe vital n'a été touché. L'hypothermie lui a évité de se vider de son sang. Et maintenant sa température remonte bien. Il ne reste que son traumatisme crânien à surveiller, mais ses réflexes sont bons. Ça va aller, ajoute-t-il avec plus de chaleur en me regardant. C'est vous qui l'avez trouvé ?

Je hoche la tête en silence, la tête embrouillée d'émotions et d'informations contradictoires.

—Vous lui avez sauvé la vie. Une heure de plus dans ce froid et il ne se serait pas relevé. Vous pourrez le voir dans quelques minutes, une infirmière viendra vous chercher.

Erik me rattrape alors que je m'effondre. Anaïs pleure de soulagement près de sa mère avant de venir me serrer dans ses bras.

—Merci, Suzanne.

Agathe s'approche et me serre contre elle à son tour.

—Comment avez-vous su ?

—Je ne sais pas. Je me suis réveillée, et il n'était pas là. (Je répète tout bas pour moi seule :) Il n'était pas là.

—Alors il a eu de la chance. Si ça avait été moi, je serais encore en train de dormir.

Comment lui dire que, d'habitude, je dors comme une souche ? Que même si une insomnie me torture quelques heures, une fois que je sombre, je ne refais surface que quand le réveil sonne ? Que d'habitude, je ne me réveille jamais la nuit ? Mes filles qui le savent me regardent avec émotion.

Est-ce que, à elles, je peux dire que j'ai la sensation que c'est lui qui m'a appelée au secours et que je n'ai fait que suivre sa voix dans la nuit ?

—Allez le voir, ajoute Agathe en nous poussant, Anaïs et moi, vers l'infirmière venue nous chercher.

Anaïs repart soulagée au bout de quelques minutes, mais mon obstination fait céder l'équipe soignante. Assise sur une chaise en plastique dur, je garde sa main dans la mienne. J'ai la conviction qu'il a besoin de ma chaleur et de ma présence pour retrouver son chemin jusqu'à nous. Et moi il me faut le toucher, sentir son pouls sous mes doigts pour effacer l'image glacée qui ressemblait tant à la mort. Alors je reste là, et quand le sommeil me cueille, ma tête repose sur les draps contre sa hanche.

*

Je reprends conscience par paliers, dans la lumière blafarde du petit matin et des néons. Des machines bipent un peu partout autour de moi. Je me redresse en grimaçant, un torticolis tétanisant mon cou.

—Bonjour, ma chérie.

Je lève les yeux sur Pierre. Il est encore très pâle, ses traits sont méchamment tuméfiés et son nez s'orne d'un pansement. Mais il est là, il me parle et serre ma main dans la sienne. J'essaie de me recoiffer du bout des doigts et il sourit.

—Tu m'as sauvé la vie, Suzanne, et tu m'as veillé toute la nuit. L'équipe soignante m'a dit qu'ils n'avaient jamais pu te décider à rentrer dormir chez toi. Alors tu as le droit de ressembler à un épouvantail.

Je fais semblant de m'offusquer.

—Comment ça, je ressemble à un épouvantail ?

—Le plus bel épouvantail que j'aie jamais vu. (Il redevient sérieux.) Comment as-tu su ?

—Tu n'étais pas là.

—Et tu ne t'es pas dit que j'étais parti faire la fête ?

—J'y ai pensé un instant. Mais tu m'aurais prévenue. Tu n'aurais pas voulu que je m'inquiète.

—Alors tu es sortie en pleine nuit avec tout ce verglas sans même savoir où me chercher ? Juste parce que tu étais convaincue que si tout allait bien, je t'aurais prévenue ?

—Oui. Ça s'appelle la confiance. Comment te sens-tu ?

—J'ai un mal de tête épouvantable et l'impression d'être passé dans un rouleau compresseur. J'ai envie d'un feu de cheminée.

—On fera tous les câlins que tu veux dès ta sortie. Mais pour le reste... On attendra qu'il n'y ait plus de points de suture sur mon oreiller de plumes.

Je souris mais ma voix tremble.

—Suzanne ?

Je fais semblant de me frotter les yeux de fatigue. Ce n'est pas le moment de craquer. Il tente de se redresser pour voir mon visage et grimace de douleur.

—Suzanne, s'il te plaît, regarde-moi. (Je n'arrive plus à retenir mes pleurs.) Suzanne, je vais bien.

—J'ai eu si peur, Pierre ! Tu étais étendu par terre, si froid, couvert de sang, j'ai cru que tu étais mort ! J'ai cru que…

Grimaçant et pestant contre les tuyaux plantés dans ses bras, il s'assoit malgré mes tentatives pour le tenir allongé.

—Suzanne, viens dans mes bras.

—Non, je vais te faire mal, recouche-toi.

—Suzanne, viens dans mes bras. Tu ne le sais pas encore mais je suis têtu comme une mule. Et te voir dans cet état me fait beaucoup plus mal que ces foutus points de suture.

—Tu vas rouvrir tes blessures, arrête. Je me calme, regarde, je ne pleure plus, j'affirme sans sourciller alors que je barbouille mes joues de larmes du dos de la main.

—Alors c'est toi qui viens t'allonger contre moi.

Et comme il fait encore mine de s'asseoir, je lui obéis et me colle contre lui avec mille précautions. Il me serre fort, embrasse mes cheveux, étreint ma main.

—Je suis là, Suzanne. Avec la tête de travers et une chemise d'hôpital bleue à pois très sexy, mais je suis là. Grâce à toi.

—Si j'étais arrivée plus tard…

—Tu n'es pas arrivée plus tard, me coupe-t-il fermement. Parce que c'est nous. Notre rencontre. Je prends soin de toi et tu veilles sur moi. Tu es ma certitude absolue, Suzanne.

Je m'apaise peu à peu, comme si sa conviction se diffusait en moi. On finit par s'endormir ensemble, dans ce lit d'hôpital trop étroit.

—Mais, enfin… ça ne se fait pas !

Nous ouvrons un œil pour découvrir une infirmière outrée au pied du lit. Une autre, un peu en retrait, et que j'ai vue cette nuit, nous fait un clin d'œil. Le chirurgien est juste à côté d'elles, en train d'examiner le dossier de Pierre.

−Alors, monsieur Caveglia, déjà en train de jouer les jolis cœurs ?

−Elle est mon meilleur médicament, docteur. Je n'ai déjà presque plus mal à la tête.

Le médecin s'approche, les traits tirés par sa nuit de garde, et examine la plaie.

−D'accord, mais faites attention à mon ouvrage de couture. J'ai assez de boulot pour ne pas faire deux fois le même.

−Promis, répondons-nous en chœur.

−Bon, vous avez de la visite. Pas longtemps. Et restez calme.

Curieux, nous tournons la tête pour découvrir Alexandre sur le seuil. Le médecin et les infirmières passent au lit suivant alors que notre policier attitré nous rejoint[4].

−Dites, vous envisagez de m'engager à temps plein ? Parce que finalement je me vois assez bien en flic privé me consacrant à la sécurité de votre petite troupe…

Je me lève et le serre dans mes bras, soulagée que ce soit lui qui s'occupe de l'enquête de l'agression de Pierre.

−Avec plaisir, Alexandre. Je sais qu'avec vous nous serons tous en sécurité.

Il me rend mon étreinte avant de prendre une chaise.

---

[4] L'histoire d'Alexandre s'esquisse dans Cœur à corps, puis dans Top to bottom. Je l'aime bien, Alexandre, donc il est possible que par la suite… Peut-être…

—Oubliez, Suzanne. Je vous ruinerais en heures supplémentaires. (Il se tourne vers Pierre.) Alors, Pierre, une idée de ce qui s'est passé ?

Il grimace et tente de se redresser.

—C'est allé très vite. Ils n'ont rien demandé, sinon je me serais empressé de leur donner tout ce qu'ils voulaient. Ils ont surgi dans le noir et cogné directement.

—Vous n'aviez plus aucun papier sur vous. J'imagine donc sans trop d'effort que c'était pour vous dépouiller.

—Apparemment, oui. Ils puaient l'alcool, c'est tout ce que je peux vous dire.

—Une description ?

—Non. C'est allé trop vite. Je sais juste qu'ils étaient deux.

—O.K. Je vais essayer de trouver quelque chose sur les caméras de surveillance des magasins voisins et de la rue. Et j'emporte vos vêtements au labo.

—Demandez à Théodore, mon collègue. La galerie a tout un système de sécurité et de vidéosurveillance, avec les assurances… Mais je ne sais pas si elles couvrent la rue.

—Je le ferai. Reposez-vous. À bientôt.

Nous disons au revoir à notre inspecteur préféré en chœur. Pierre soupire, énervé.

—En fait, ils m'ont tout pris. Ma montre, mon portefeuille, mon téléphone… Tout.

Je le regarde et passe tendrement une main dans ses cheveux.

—Ils t'ont laissé la vie, et c'est ton bien le plus précieux.

Pierre

Je n'ai jamais vu une maison avec autant de monde au mètre carré. Ça court dans tous les sens autour de moi, mais j'ai décidé de me concentrer sur la tâche que l'on m'a confiée : après avoir ouvert le vin, j'ouvre les huîtres. Erik vient me tirer le portrait et je râle :

—Tu ne peux pas te rendre utile, toi, au lieu de traîner dans mes pattes avec ton appareil ?

—Pierre, je fais ce pour quoi je suis doué. Si tous les gens faisaient comme moi, le monde tournerait plus rond.

—Moi, je suis doué pour te botter les fesses, mais tu as de la chance, je suis encore en convalescence.

Il s'éloigne en rigolant pour aller embouncaner quelqu'un d'autre. Et moi aussi je rigole. Il hésite depuis le milieu de l'après-midi entre stress et résignation. Madeleine et Paul doivent arriver bientôt pour fêter Noël avec nous, et il s'attend à tout de la part de sa mère. C'est une femme adorable, mais qui peut se montrer assez expansive. Je suis heureux de revoir de vieux amis.

En fait, je suis heureux tout court. Suzanne passe voir si je m'en sors sans me couper un doigt. Depuis l'agression, elle veille sur moi comme si j'étais un morceau de sucre. Je me laisse faire. Les hommes adorent se faire dorloter, c'est scientifiquement prouvé.

—Tout va bien ?

—Oui, ma chérie.

—Alors c'est parfait.

—Non, ce sera parfait quand tu m'auras embrassé.

Elle répond à ma demande et repart organiser je ne sais quoi. Les jumelles entrent dans la cuisine en pinaillant sur un détail de la décoration.

—Un détail ? s'étrangle Méline.

Je m'excuse platement et me garde bien d'intervenir de nouveau. Après tout, qu'est-ce que j'y connais, moi, en composition florale ?

—Tout va bien, mon petit Pierrot ? s'interrompt Romane en venant vérifier mon œuvre.

—Ah mais non, ça ne va pas du tout, intervient Lexie qui nous rejoint. Normalement le salaire de l'ouvreur d'huîtres est un verre de vin blanc. Je te sers ça avant que tu ne te mettes en grève.

La sonnette retentit, et tout en buvant une gorgée de mon salaire, je m'interroge sur le nombre de personnes que l'on peut caser entre les murs sans se marcher sur les pieds.

—Papa, tu es là ?

Toujours cette pointe d'inquiétude dans la voix d'Anaïs. Je maudis mes agresseurs pour la peur qu'ils ont installée dans le cœur de ceux qui m'aiment. Alexandre a pu repérer les agresseurs sur plusieurs vidéos, il essaie de remonter le fil jusqu'à pouvoir les identifier.

—Oui, ma puce, je suis là.

Elle entre pour m'embrasser, Quentin à sa suite venu me saluer, et ils ressortent tous les deux. Cette cuisine est un vrai moulin. J'entends la voix d'Agathe dans le salon, et je bénis Suzanne du fond du cœur. Quand elle a appris que la mère d'Anaïs était seule pour Noël, elle a décrété que la maison était bien assez grande pour une personne de plus. C'est son cœur qui est assez grand pour accueillir le monde de ceux qu'elle aime. Et sans son geste, je n'aurais pas eu ma fille près de moi ce soir.

Méline vient s'asseoir sur le comptoir à côté de moi, balançant ses jambes dans le vide. Comme une gosse. J'adapte mon discours.

– Arrête de taper tes talons sur les portes, Méline.

– J'ai horreur des préparatifs, j'aurais mieux fait d'arriver ce soir et de me mettre les pieds sous la table. Ça ne manque pas de bras !

Je pose mon couteau pour faire le compte.

– Vous trois et Erik. Anaïs, Quentin et Agathe. Suzanne et moi… Neuf. Oui, dix-huit bras, je pense qu'on devrait s'en sortir.

Elle me regarde avec méfiance.

– Tu te moques de moi ?

Je lui réponds d'un sourire ironique.

– Pffff… Attends alors, monsieur je me moque, tes comptes sont faux. Il manque encore les parents d'Erik et…

Elle recommence à balancer ses jambes en regardant le plafond.

– Et qui ?

– Alexandre, marmonne-t-elle d'une toute petite voix.

– Hum… Alexandre, hein ? Joli cadeau de Noël, non ? Tu crois qu'il aura un nœud rouge autour du cou et une étiquette « Pour Méline » ?

—Arrête, tu ne vas pas t'y mettre, toi aussi ! ronchonne-t-elle en rougissant. C'est maman qui l'a invité. Sa famille est aux Antilles, on n'allait pas le laisser tout seul.

—Non, bien sûr. Et puis ça aurait été dommage de rater une occasion de le revoir, hein ?

—Pffff... Vous m'agacez, tous !

Et elle part en maugréant. Je corrige donc mon décompte. Douze personnes autour de la table. Mais ça s'agite tellement que j'ai l'impression que l'on est le double.

Les huîtres finies, je les mets au frais dans le jardin couvert d'un tapis de neige. J'engage les négociations avec Chaipa pour qu'il ne touche pas au dîner.

—Si tu te retiens, je te glisse une tartine de beurre en douce sous la table. Et je te laisse dormir au pied du lit cette nuit.

Je conclus de sa pose de sphynx qu'il accepte le marché et je profite du grand air et du silence, jusqu'à ce qu'Erik me rejoigne.

—Ça brasse, autant de femmes, hein ? souffle-t-il.

Je hoche la tête sereinement. Oui, les femmes débordent d'énergie. Leur vitalité est communicative. Et parfois un peu épuisante. L'avantage de l'âge, c'est de savoir quand prendre du recul pour avoir assez de forces pour tenir la distance.

—Oui. Mais il fait trop froid pour qu'elles viennent nous voir ici. Des nouvelles de Sadie ?

Il frissonne et se frotte les bras pour se réchauffer.

—Le veinard est en Floride.

Ça s'agite derrière les fenêtres. Cette fois tout le monde est arrivé. Je lui tapote le dos pour lui donner du courage et nous rejoignons le salon où sont réunis tous ceux que nous aimons. Le cri de joie de Madeleine nous accueille :

—Ooooh, mon lapin, tu es là ! Viens me voir ! Et où est ta mignonne que je l'embrasse ?

Il prend sa mère dans ses bras avec tendresse et me jette par-dessus son épaule un regard résigné. Elle afflige tous ceux qu'elle aime de surnoms, et ce n'est pas toujours facile d'être un lapin pour un grand gaillard de trente ans. Nous échangeons un sourire complice quand elle m'aperçoit et que je récolte un « mon coco » plein d'entrain.

*

Le salon embaume les multiples parfums du repas qui se sont succédé pour ravir nos palais. Les cordons bleus se sont surpassés. Mais ce dont je me suis le plus nourri, c'est de toute cette chaleur humaine autour de la table. Tous, nous sommes liés les uns aux autres par l'amour, l'amitié et la tendresse. Les sourires pleins de joie, les éclats de rire de bonheur, les taquineries complices sont les mets les plus précieux au menu de ce réveillon de Noël.

Et maintenant que nous avons regagné le coin cheminée, je trépigne comme un gosse pour l'ouverture des cadeaux. Je veux voir le visage de Suzanne quand elle ouvrira le sien. Bien sûr, il faut qu'elle fasse partie de ceux qui prennent tout leur temps pour déballer... Elle s'extasie sur le paquet, s'arrête pour admirer ce que les autres ont reçu, défait soigneusement les nœuds au lieu de déchirer le papier.

Quand elle soulève celui que je lui destine, elle est surprise par le poids et me regarde avec perplexité. Nous avons tous promis de ne faire que des cadeaux symboliques.

J'ai triché en jouant sur le sens de symbolique. Mon cadeau est hautement symbolique, mais ce n'est pas un petit cadeau. Je me rapproche d'elle, faisant abstraction de tous ceux qui nous entourent. Ses doigts tremblent un peu sur le ruban de satin. Et quand elle ouvre le coffret soigneusement protégé, ses yeux s'arrondissent de stupéfaction.

—Mais… Tu avais dit… Comment as-tu pu ?

Je m'assois à côté d'elle, entremêle mes doigts au siens sur la petite statuette d'albâtre de Li Tao.

—J'ai eu exactement le même coup de cœur que toi. Je l'ai réservée avant même le vernissage. Et quand tu es tombée en arrêt devant, j'ai su avec certitude que tu étais faite pour moi.

Elle enveloppe la délicate sculpture dans le nid de ses mains et se penche pour m'embrasser. Un baiser contenu à cause de ceux qui nous entourent, mais dont l'intensité me bouleverse.

—Tu es un tricheur, mais je te pardonne pour cette fois. À toi d'ouvrir mon cadeau.

Je tends devant moi le paquet rectangulaire. Un cadre, j'en reconnais la forme. Je le déballe avec beaucoup moins de soin qu'elle. C'est une photo. Je reconnais l'empreinte d'Erik, mais le sujet me laisse sans voix. C'est un portrait de nous deux ici, dans cette maison, il y a quelques semaines. Quand elle nous avait tous réunis pour fêter la réconciliation de Romane et Erik.

Nous sommes côte à côte, sans même nous toucher, et pourtant il y a cette étincelle dans nos regards, cette façon de nous pencher l'un vers l'autre. Ému et silencieux, je la laisse retourner le cadre pour me montrer l'envers. De son écriture élégante qui lui ressemble tant, elle a tracé quelques lignes :

« *Tout était écrit depuis le début. Dans nos yeux.*
Avant même que nous le sachions.
Je t'aime, Pierre. »

Elle me l'a beaucoup dit avec ses mains qui me serraient et se posaient sur ma joue. Sa peur quand je me suis fait agresser et que son instinct m'a sauvé. Sa confiance absolue envers moi, et la façon dont elle m'a ouvert sa maison. Offert son corps. Sa gentillesse envers ma fille. Mais c'est la première fois qu'elle me le dit sans détour. En toutes lettres. Je me penche vers elle en plaquant le cadre contre mon cœur.

—Je t'aime, Suzanne.

REMERCIEMENTS

2018

Notre part de magie sort en numérique, spin-off de *Cœur à Corps*.

Suzanne et Pierre forment un couple qui me touche. Parce qu'ils portent en eux cette conviction que l'amour est possible à tout moment de la vie, avec la même intensité, la même ferveur et le même bonheur à la clé. Ils me font vibrer parce que, ce qui compte vraiment, c'est l'âge du cœur, et celui-ci ne se ride pas, et n'attrape pas de cheveux blancs. Il bat, inlassablement, tout au long de notre vie.

Alors exceptionnellement, je vais remercier mes personnages, Erik et Romane. Quand j'ai écrit leur histoire dans Cœur à Corps, ils m'ont poussée à donner de l'épaisseur à ceux qui les entouraient. Romane avait besoin d'une mère présente et solide, pour soutenir sa cadette et offrir un nid à ses sœurs. Erik voulait s'appuyer sur un guide, un homme d'expérience à même de l'aider et de le comprendre.

Suzanne et Pierre sont nés. Et après les avoir « rencontrés », j'avais envie de leur offrir leur propre histoire pour qu'ils ne restent pas de simples ombres, eux qui avaient tant donné. Parce que derrière la mère, le père, il existe toujours une femme, un homme dont le cœur bat, inlassablement.

2020

Notre part de magie sort en papier, dans le sillage de *Top to bottom*.

Cette année, la naissance de *Top to bottom* m'a donné envie de leur offrir le papier. Pour que Suzanne et Pierre puissent retrouver leur famille sur les étagères des bibliothèques.

Noël est une fête qui m'embarrasse beaucoup. Elle réveille des absences douloureuses alors que j'aimerais savoir encore partager l'excitation de mes lutins. J'ai trouvé un mi-chemin. Me concentrer sur les êtres que j'aime et qui m'entourent. Mes personnages font un peu partie de ma famille. Il m'arrive, longtemps après avoir terminé un roman de me dire tout à coup : « Tiens, Samuel aurait choisi un bois plus chaleureux pour ce meuble ». « Un truc pareil, ça ferait hurler Méline ». « Comment Megan verrait ça ? ». Je ne réalise pas toujours que ce sont des personnages de fiction, qu'ils n'existent pas *vraiment*.

Alors régulièrement, j'ai besoin de passer leur dire un petit bonjour, de m'assurer qu'ils vont bien. C'est un sacré boulot, je ne suis pas toute seule dans ma tête, comme le dit l'expression. Mais en même temps… j'adore ça ! Et comme d'après vos retours, vous aussi aimez prendre des nouvelles de nos amis, je me suis amusée à les réunir pour Noël.

Zacharie et Eve, Claude (et donc Julie), Sadie et Lex, Romane et Erik, Alexandre… Ils apparaissent à un moment ou un autre de l'histoire, même si c'est juste pour un clin d'œil. Je ne sais pas où cela va nous mener au fil des romans. De combien de personnages je devrai faire l'appel dans cinq, dix ou quinze ans. Surtout si je réunis les personnages de TOUS mes romans. Mais en fait… ce n'est pas important. Quand on aime, on ne compte pas.

    Je vous souhaite à toutes, chères lectrices, un Noël aussi doux que tendre, aussi joyeux que poétique. Bien au chaud dans votre famille, ou à l'abri parmi ceux que vous aurez choisis. Avec bien sûr, un feu de cheminée qui crépite dans le cœur.

    Avec un rayon de lumière,
    Emilie

Du même auteur

Le temps de faire sécher un cœur
Prix Femme Actuelle – Les Nouveaux Auteurs 2018
Pocket 2020

Les Assiettes cassées
BoD

L'amertume du Mojito
Hachette – collection H'Lab
(ancien titre : Mission mojito)

L'Oiseau rare
Hachette – collection H'Lab

Top to bottom
Hachette – collection H'Lab

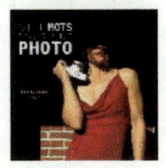
Mille mots pour une photo
En collaboration avec Ergé

Nouvelles

Le mur des Je t'aime
Suivi d'un dossier sur le Street Art
Editions Voy'el

(inclus dans l'anthologie : Art et fantastique)

Maux comptent triple
Prix de la Nouvelle Quais du Polar
100% numérique

Quelques mots à vous dire
En collaboration avec Rosalie Lowie, Dominique Van Cotthem, Frank Leduc

Un hôtel à Paris
En collaboration avec Rosalie Lowie, Dominique Van Cotthem, Frank Leduc

Sous le nom de plume Emilie Collins

L'Autre Chemin
Collection Emoi
100% numérique

Les Délices d'Eve
Collection Emoi

Cœur à Corps
Collection Emoi
Avec photos d'Ergé incluses